일본 미스터리 단편소설집

시체는 매달려서 웃는다

시체는 매달려서 웃는다

유메노 규사쿠 외 지음
유은경 옮김

일본 미스터리 단편소설집

작은돌

차례

첫 장을 넘기기 전에 • 06

1. 얼굴 없는 귀신 • 09
2. 매장된 비밀 • 17
3. 진주탑의 비밀 • 27
4. 두 폐인 • 53
5. 피아노 • 85
6. 닮은꼴의 비밀 • 93
7. 얼어붙은 아라베스크 • 113
8. 덫에 걸린 사람 • 147
9. 빌딩 • 183
10. 시체는 매달려서 웃는다 • 189
11. 암호 • 197
12. 욕조 • 233

작품해설 • 251

첫 장을 넘기기 전에

2025년 넷플릭스에 '핫스팟'이라는 일본 드라마가 공개되었다. 후지산을 배경으로 지방 소도시에 살아가는 사람들의 소소한 이야기인데, 한 화 한 화 지날수록 소소하지 않은 이야기가 펼쳐진다. SF인가 하면 귀신이 등장하기도 하고, 추리물과 같은 구조를 지녔는가 싶더니 사회고발적인 요소까지 지녔다. 모든 장르소설적인 요소를 다 지니고 있지만 어디까지나 소소한 지방 소도시 사람들의 이야기로 끝을 맺는다. 이렇게 평범한 사람들의 소소한 이야기에 장르소설적인 요소를 삽입해도 전혀 어색하지 않은 것이 일본 드라마의 특징이고, 이렇게 장르소설을 내면화한 것이 일본 문학의 특징일지도 모른다. 장르소설이라고 하면 추리나 SF 등을 떠올릴 수 있으며 대표적인 작가로 한국에서도 유명한 히가시노 게이고라든지, 미야베 미유키 등을 꼽을 수 있을 것이다. 그러나 이들 장르소설이 갑자기 현재에 이른 것은 아니다. 거슬러 올라가 보면 사회문제를 추리물에 접합시킨 마쓰모토 세이초가 있고, 단편 SF소설의 거장인 호시 신이치가 있다. 더 거슬러 올라가다 보면 이들의 원조라고 할 수 있는 에도가와 란포가 있다. 애니메이션 '명탐정 코난'의 주인공이 필치 못할 사정으로 어린 모습으로 변한 후, 자신을 숨기기 위해 선택한 성이 바로 '에도가와 란포'의 '에도가와'였다. 그러나 에도가와 란포 한 사람만으로 현재의 장르물의 천국이기도 한 일본을 만든 것은 아니다. 여기에 그 첫 페이지를 장식하는 이들을 소개하고자 한다. 이들 중에는 잘 알려진 근대문학의 문호도 있고 거의 알려지지 않은, 일본인조차도 잘 모르는 이들도 있다. 어쩌면 지금 읽으면 조금은 유치할 수도 있고, 조금은 허황될 수도 있는 이야기를 여기에 풀어보고자 한다.

고이즈미 야쿠모(1850-1904)

수필가, 일본연구가. 아일랜드계, 그리스 출생의 영국인으로 미국으로 건너가 신문기자가 된다. 1890년에 방일하여 시마네현 마쓰에 중학교에서 영어교사로 근무하다가 같은 해 고이즈미 세쓰와 결혼, 1896년에 귀화하며 부인의 성을 따라 '고이즈미 야쿠모'라고 자칭한다. '야쿠모'는 마쓰에의 예전 지방 명칭인 '이즈모국'에서 기인한 것으로 보인다. 귀화한 해에 동경제국대학교 강사로 취임하며, 영어로 일본을 소개하는 저작을 발표한다. 대표작으로 일본의 고전이나 민간설화를 취재한 『괴담』, 일본인의 정신을 고찰한 『마음』 등이 있다. 얼굴 한쪽에 흉한 상처가 있어서 그 반대편만을 보이게 사진을 찍었다고 한다.

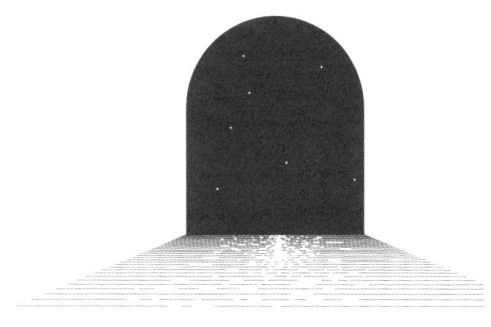

1.
얼굴 없는 귀신

도쿄의, 아카사카로 가는 길에 '기노쿠니자카'라는 언덕길이 있다 — 이것은 기이라는 지방에 있는 언덕(과거 일본에서는 지방을 하나의 독립된 지역이라는 의미에서 나라고 했는데 '쿠니'는 현대어로 '나라'라는 의미)이라는데 왜 도쿄에 있는 언덕을 기이 지방의 언덕이라고 불렸는지는 내가 알 수 없는 일이다. 이 언덕의 한쪽에는 오래된, 깊고도 매우 넓은 수로가 있는데, 그 수로를 따라 푸른 둑이 높이 서 있고 그 위로 뜰이 조성되어 있다 — 그 길의 다른 쪽에는 황궁의 광대한 성벽이 길게 이어져 있다. 가로등이 켜지고 인력거가 다니는 요즘 같은 시대가 되기 전에는 밤이 깊어 어두워지면 매우 적막한 곳이었다. 그래서 늦은 시간에 이 길을 지날 용무가 있는 사람들은 일몰 후에 혼자서 기노쿠니자카를 오르기보다는 오히려 몇 리나 되는 길을 돌아서 가곤 했다.

그것은 모두 이 주변을 자주 어슬렁거렸던 얼굴 없는 귀신 때문이다.

얼굴 없는 귀신을 마지막으로 본 사람은 약 30년 전에 죽은, 교바시 쪽에 사는 나이 든 상인이었다. 그 사람이 직접 한 이야기는 다음과 같다.

이 상인이 어느 늦은 밤에 기노쿠니자카를 서둘러 오르는데, 한 여자가 홀로 수로 가장자리에 쭈그리고 앉아서 격하게 울고 있더라는 것이다. 혹시라도 물에 몸을 던질까 두려워 상인은 발을 멈추고 자신의 힘이 닿는 한, 도움을 주거나 위로하려고 했다. 여자는 안쓰러웠으나 기품이 있어 보였는데, 옷차림도 말끔한 데다가 머리는 양가의 아가씨가 하는 것처럼 올려 있었다. ― "여보시오"라고 상인은 여자에게 다가가 말을 걸었다. "여보시오, 그렇게 울지 마시오! … 무슨 힘든 일이 있는지, 내게 말씀하시오. 내 그 말을 듣고 도움을 줄 수 있는 길이 있다면 기꺼이 도움을 드리다."(실제로 남자는 자신이 말한 대로 도움을 줄 생각이었다. 무엇보다 이 사람은 매우 사려 깊은 사람이었기 때문이다) 그러나 여자는 계속 울기만 했다 ― 그 긴 소매로 상인에게 얼굴을 가린 채. "여보시오"라고 되도록 부드럽게 상인은 다시 말했다. "제발, 제 말을 들으시오! … 여기는 밤에 당신 같은 젊은 여성이 있어야 할 장소가 아닙니다! 부탁이니 제발 울지 마시오! ― 어떻게 하면 조금이라도 도울 수 있는지, 그것을 말해 주시오!" 여자는 천천히 일어섰지만 상인에게 등을 돌리고 있었다. 그리고 소매로 얼굴을 가린 채 계속 훌쩍거리고 있었다. 상인은 손을 가볍게 여자의 어깨 위에 올려놓고 설득했다 ― "여보시오! … 여보시오! … 여보시오! 제 말을 들으시오. 잠깐이라도 좋으니까! … 여보시오! … 여보시오!" ― 그러자 그 여인이 돌아섰다. 그리고 그 소매를 아래로 내리고, 손으로 자기 얼굴을 쓰다듬었다 ― 그 모습을 보니 눈도 코도 입도 없었다 ― 악 소리를 지르며 상인은 도망쳤다.

쏜살같이 기노쿠니자카를 뛰어올랐다. 앞은 아무것도 보이지 않는 깜깜하고 공허한 공간이었다. 뒤돌아볼 용기도 없이, 오로지 달리고 달린 끝에 겨우, 저기 멀리 반딧불 같은 등불이 보여 그쪽을 향해 달렸다. 가서 보니 그것은 메밀국수를 파는 작은 포장마차의 등불일 뿐이었다. 그러나 그것이 어떤 불빛이든, 그가 무슨 일을 하는 인간이든, 위와 같은 일을 당한 후에는 상관없었다. 상인은 메밀국수 장수의 발밑에 몸을 던지고 애원했다. "아아! … 아아! … 아아!" —

"이봐! 이봐!"라고 메밀국수 장수는 거칠게 소리쳤다. "이봐, 무슨 일인가? 누구에게 해코지라도 당한 건가?"

"아니야, … 아무에게도 당한 게 아니야"라고 상인은 숨을 몰아쉬며 말했다 — "단지… 아아! … 아아!" —

"… 단지 협박을 받은 건가?"라고 메밀국수 장사는 쌀쌀맞게 물었다. "도적인가?"

"도적이 아니야… 도적이 아니야"라고 겁에 질린 남자는 헐떡이며 말했다. "내가 본 건… 여자를 보았다고… 수로가에서… 그 여자가 나를 봤어… 아아! 나를 봤다고, 그렇게 말할 수는 없어." —

"저런! 그 여자가 보인 게 이런 거였나?"라고 메밀국수 장수는 자기 얼굴을 쓰다듬으며 말했다 —

그러자 순간, 메밀국수 장수의 얼굴은 달걀처럼 변했다 —

그리고 동시에 등불은 꺼지고 말았다.

초판 『고이즈미 야쿠모 전집 제8권 가정판』 1937년 1월 15일

고이즈미 야쿠모(1850-1904)

수필가, 일본연구가. 아일랜드계, 그리스 출생의 영국인으로 미국으로 건너가 신문기자가 된다. 1890년에 방일하여 시마네현 마쓰에 중학교에서 영어교사로 근무하다가 같은 해 고이즈미 세쓰와 결혼, 1896년에 귀화하며 부인의 성을 따라 '고이즈미 야쿠모'라고 자칭한다. '야쿠모'는 마쓰에의 예전 지방 명칭인 '이즈모국'에서 기인한 것으로 보인다. 귀화한 해에 동경제국대학교 강사로 취임하며, 영어로 일본을 소개하는 저작을 발표한다. 대표작으로 일본의 고전이나 민간설화를 취재한 『괴담』, 일본인의 정신을 고찰한 『마음』 등이 있다. 얼굴 한쪽에 흉한 상처가 있어서 그 반대편만을 보이게 사진을 찍었다고 한다.

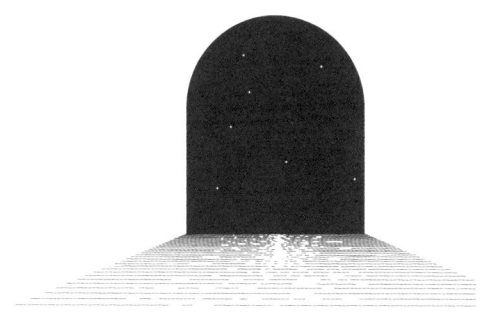

2.
매장된 비밀

옛날에 단바 지역에 이나무라야 겐스케라는 부호 상인이 살고 있었다. 이 사람에게는 오소노라는 딸이 하나 있었다. 오소노는 매우 영리한 데다가 아름답기까지 해서 겐스케는 시골 선생에게서만 교육받는 것을 안타깝게 여겨 믿을 수 있는 사람을 붙여 딸을 교토에 보내서 도성 부인들이 받는 품격 있는 예능 전반을 배우게 했다. 이렇게 교육받은 후, 오소노는 아버지 일가의 지인 — 나가라야라는 상인과 혼인하여 4년 가까이 그 남자와 즐겁게 살았다. 두 사람 사이에는 남자아이 하나가 있었다. 그런데 오소노는 결혼 후 4년째 되던 해에 병에 걸려 죽어 버렸다.

장례식 밤, 오소노의 자그마한 아이는, 엄마가 돌아와서 2층 방에 있다고 말했다. 오소노는 아이를 보며 웃음을 보였지만 말을 건네오지는 않았다. 그래서 아이는 무서운 생각이 들어 도망쳐 왔다는 것이다. 이 말을 듣고 일가 중 누구라 할 것 없이 오소노가 쓰던 2층 방에 가보고는 깜짝 놀라고 말앗다. 방 한켠에 있는 위패 앞에 켜진 작은 등불 빛에 아이 말대로 죽은 오소노의 모습이 보인 것이다. 오소노는 서랍장 앞에 있는 듯했는데 그 장에는 아직 오소노의 장신구며 옷가지가 들어 있었다. 오소노의 머리와 어깨는 확실히 보였으나 허리부터 아랫부분의 모습은 옅어져서 보이지 않았다 ― 마치 그것은 형태가 확실하지 않은 반사체인 듯, 또는 수면에 비친 그림자인 듯 투명했다.

놀란 사람들은 공포에 질려 방을 나오고 말았다. 아래층으로 내려온 그들은 모두 모여서 대책을 논의했는데, 그 자리에 있던 오소노의 시어머니는, "여자란, 자기 장신구 따위를 매우 아끼는 법이니 오소노도 그런 자기 물건에 집착하고 있는 게지. 아마 그것을 보러 돌아온 게 아닐까. 죽은 사람 중에 그런 행동을 하는 사람들이 꽤 있다잖아… 그 물건들을 절로 보내야겠어. 오소노의 옷가지와 허리띠 같은 것도 절에 맡기면 아마 영혼도 안심할 거야."

그래서 되도록 빨리 그대로 이행하자는 결정이 났다. 이튿날 서랍장을 깨끗이 비워 오소노의 장신구와 옷가지를 모두 절로 옮겼다. 그러나 오소노는 다음 날 밤에도 찾아왔으며, 그 다음 날, 그 다음 날 밤도, 매일 밤 나타났다 — 결국 그 집은 공포의 집으로 변하고 말았다.

그래서 오소노의 사어머니는 장사 지낸 절을 찾아가 주지 스님에게 처음부터 끝까지 모두 이야기하고 유령에 대해서 상담을 청했다. 그 절은 선종 사찰이었고 주지는 나이 지긋하고 학식이 있어 대현화상으로 불렸다. 화상이 말하기를 "그건 분명 그 서랍장 안, 혹은 그 근처에 무엇인지 그녀의 마음에 걸리는 물건이 있기 때문일 겁니다." 노부인은 대답했다 — "하지만 우리가 서랍 안을 말끔히 비워서 그 안에는 더는 아무것도 없습니다." — 대현화상은 말했다. "좋아요. 그렇다면 오늘 밤 소승이 댁을 찾아뵙고 방을 지키면서 방책을 생각해 보겠습니다. 부디 소승이 부를 때 말고는 아무도 그 방에 들어오지 말라고 일러 주시기 바랍니다."

해가 지고 대현화상이 그 집에 도착하자 방은 자기가 이른 대로 준비되어 있었다. 화상은 경을 읽으면서 거기에 그저 앉아있기만 했다. 자시(23시~1시)가 지날 때까지는 아무것도 나타나지 않았다. 그런데 그 시각을 조금 지나자 오소노의 모습이 홀연히 서랍장 앞에 윤곽을 드러냈다. 그 얼굴은 신경 쓰이는 게 있는 듯 두 눈으로 지긋이 서랍장을 바라보고 있었다.

화상은 어떤 경우에라도 읊을 수 있도록 미리 정해 놓은 경문을 읊조리며 오소노의 법명을 부르며 말을 걸었다. "소승은 당신을 돕기 위해 여기에 왔습니다. 필시 저 서랍장 안에는 당신의 심려를 끼칠 만한 무엇인가 있을 겁니다. 당신을 위해 제가 그것을 찾아낼까요?" 유령은 살짝 고개를 움직여 승낙의 의사를 표시하는 듯했다. 그래서 화상은 벌떡 일어서서 가장 윗서랍을 열어 보았다. 그러나 그곳은 텅 비어 있었다. 이어서 화상은 두 번째, 세 번째, 네 번째 서랍을 열었다 — 서랍의 뒷면과 바닥까지 주의 깊게 살펴보았다 — 서랍장 내부를 철저히 살펴보았다. 그러나 아무것도 없었다. 그런데도 오소노의 모습은 전과 다름없이 신경 쓰이는 게 있다는 듯 가만히 지켜보고 있었다. '도대체 뭘 어떻게 해주길 바라는 걸까'라고 화상은 생각했다. 그런데 갑자기 뇌리를 스치는 게 있었다. 서랍 안에 붙은 종이 밑에 무언가 숨겨져 있을지도 모른다고. 그래서 첫 번째 서랍에 붙은 종이를 떼어 보았으나 ─ 아무것도 없다! 두 번째, 세 번째 종이를 모두 벗겨 보았으나 ─ 여전히 아무것도 없다. 그런데 가장 아래 서랍에 붙어 있는 종이 밑에서 무엇인가를 발견했다 ─ 한 통의 편지였다. "당신 마음을 괴롭힌 것이 이것입니까?" 화상은 물었다. 그림자 같은 그녀의 몸이 화상에게로 향했다 ─ 힘없이 응시하는 그녀의 시선은 편지 위로 고정되어 있었다. "소승이 이것을 태워서 없애버릴까요?" 화상이 물었다. 오소노의 모습은 화상 앞에서 머리를 숙였다. "아침이 되면 곧바로 절에서 태워 버리고 저 이외에는 그 누구도 그것을 읽지 못하게 하겠습니다." 화상은 약속했다. 그녀의 모습은 미소를 지으며 사라져 버렸다.

화상이 계단을 내려왔을 때, 미명이 밝아오고 있었고 일가 사람들은 걱정스러운 듯 밑에서 기다리고 있었다. "걱정하실 필요 없습니다. 두 번 다시 그 유령이 나타나는 일은 없을 테니까요." 화상은 모두를 향해 그렇게 말했다. 그 말대로 오소노의 모습은 그 뒤로 나타나지 않았다.

편지는 태워졌다. 그것은 오소노가 교토에서 지냈던 시절에 받은 연애편지였다. 하지만 그 속에 쓰인 내용을 알고 있는 것은 화상뿐이었고 비밀은 화상의 죽음과 함께 매장되었다.

초판 『고이즈미 야쿠모 전집 제8권 가정판』 1937년 1월 15일

고가 사부로(1893-1945)

추리소설작가. 본명 하루타 요시다메, 동경제국대학교 공학부 졸업. 농상무성 질소 연구소에 근무하는 한편, 코난·도일에 심취해 1923년 8월에는 셜록 홈즈 시리즈를 모방한 추리소설 「진주탑의 비밀」이 잡지 『신취미』의 공모전에서 1등으로 입상하여 탐정소설가로 데뷔한다. 이때 고향의 전설 속 용사인 '고가 사부로'를 필명으로 쓴다. 에도가와 란포가 「2전동화」로 데뷔한 것이 같은 해, 잡지 『신청년』 4월호에서였으니, 창작 추리소설의 여명기에 에도가와 란포와 함께 활약한 공로자의 한 사람이라고 할 수 있다.

3.
진주탑의 비밀

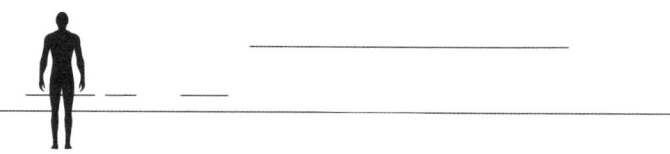

1

 길고 음습한 장마가 겨우 끝나갈 무렵, 이미 엄혹한 더위가 바싹 다가와 있었다. 제아무리 도심의 대로라도 한동안은 사람들의 왕래가 끊기는 한낮의 고요에서, 두부 장수의 나팔 소리를 신호로 점차 소란스러운 도심으로 돌아가는 저녁 무렵이었다. 늦은 오후에 내리는 소나기와 같이 요란스러운 매미 소리를 온몸으로 들어가며 우에노 숲을 지나쳐 나는 오랜만에 사쿠라기초에 사는 친구 하시모토 빈을 찾았다. 워낙 친한 사이라서 안내도 받지 않고 바로 그의 서재 겸 응접실 문을 두드리고 안으로 들어가니 책상 앞에서 무엇인지 생각하고 있던 듯, 그는 입구 쪽으로 고개를 돌리며 말했다.

 "여어, 자네군. 오랜만이야. 자, 앉게나."

 "낮 동안은 더워서 도저히 나다닐 수 없어서 말

이지. 그래도 우에노 숲은 나쁘지 않아."

"그러고 보니 우에노라고 하면, 자네, 이번 전람회에 출품된 진주탑 말인데." 친구는 선풍기를 내 쪽으로 돌려주며 말을 이었다. "뭔가 색다른 소문을 들은 것은 없나?"

"아니, 이런저런 평판은 듣고 있지만 별다른 소문은 없는 것 같았네. 무슨 사건이라도 일어났나?"

친구는 묵묵히 몇 장의 명함을 내게 건넸다. 한 장은 경시청의 다카다 경부 것으로 "동양진주상회 회장, 시모무라 도요조씨가 귀하께 의뢰할 건이 있어서 찾아뵈오려 하니 아무쪼록 부탁드리는 바입니다"라고 쓰여 있었고, 한 장은 동양진주상회 회장 시모무라 도요조씨의 명함, 한 장은 같은 회사의 제작부 주임 사세 료노스케라고 쓰여 있었다.

"이 두 사람이 조금 전에 만나러 왔다고 하네." 친구는 내가 명함들을 다 훑는 것을 기다렸다가 말했다. "마침 내가 없을 때여서 나중에 온다고 하고 돌아간 모양이야."

작년 도쿄에서 ××박람회가 열렸을 때, 그중 한

전시관에서 유명한 M진주점에서, 수십만 엔(10만 엔은 현재 일본 돈으로 약 7100만 엔, 한국 돈으로 약 7억 원) 상당이라며 광고했던 진주탑 1기를 출품해서 세간을 놀라게 한 일은 지금도 여러분의 기억에 생생할 것이다. 그런데 이번 달부터 ×××성 주최의 미술공예품 전람회가 우에노 다케노다이에서 개최되는데, 최근 들어 M진주점에 출사표를 내며 점차 두각을 보이던 동양진주상회가, 작년 M진주점에서 출품한 작품을 훨씬 능가하는 웅장하고 아름다운 진주탑을 출품한 것이다. 여러분도 이미 주지하고 있겠으나 내가 본 바로는 탑의 높이는 약 90cm, 야마토 야쿠시지(나라에 있는 불교사찰)의 동탑을 모방했다고 하며, 3중으로 되어 있으나 처마라 불릴 수 있는 게 있어서 언뜻 보면 6층으로 보인다. 층마다 훌륭한 진주가 장식되어 있고 특히 정면 층층대를 거슬러 올라 탑 내부로 진입하기 직전에 박힌 진주들은 크기와 모양은 물론 광택까지 훌륭해서 세상에 둘도 없을 듯한 명품이었고, 가격도 38만 엔 정도 될 것으로 보였다. 전람회 개최 이래 신문에서는 관런 기사로 떠들썩했는데, 한 신문에 따르면, 동양상회는 M진주점 제작부의 솜씨 좋은 기술자를 매수해서 이 진주탑을 만들게 했다고도 하고, 또 어떤 신문에 따르면, 그 기술자는 명예롭지 못한 이유로 M진주점에서 쫓겼다는 것이다. 나는 신문에서 읽은 내용을 아는 대로 친구에게 들려 주었다. 마침 그때 요란하게 벨이 울렸고 서생이 두 사람의 신사와 함께 들어왔다.

"저는 하시모토입니다." 친구는 일어서서 말했다. "이쪽은 제 친구인 오카다 군입니다."

"인사가 늦었습니다"라며 쉰 살 정도로 보이는 붉은 얼굴의 퉁퉁하게 살집 좋은 신사는 정중하게 인사를 하면서, "저는 시모무라라고 합니다"라고 했다.

"저는 사세라고 합니다." 나이는 서른 남짓, 흰 피부에 키가 큰, 멋지게 가르마를 탄 신사가 말했다. 친구는 의자를 권하면서,

"날이 많이 더워졌네요… 그런데 용건은?"

"그게, 그러니까, 어, 관계없는 사람이 듣는 건 좀

그렇습니다만." 회장은 땀을 닦으며 말했다.

"그 점은 걱정할 필요 없습니다. 오카다 군은 항상 저와 함께 움직이는 사람이니까 저와 같다고 생각하셔도 무리가 없을 것 같습니다."

"그렇습니까." 회장은 겨우 진정이 되었는지 "실은 말입니다. 이번에 저희가 ×××성 주최의 전람회에 출품한 진주탑에 관해서인데요, 정말 묘한 일이 일어나서 즉시 경시청에 상담을 요청했는데, 그쪽에서는 그런 일은 오히려 당신에게 부탁하는 편이 좋을 것 같다고 해서, 실례가 될 줄은 알지만 이렇게 의뢰하러 오게 되었습니다. 신문에서는 이런저런 소문을 떠들고 있지만 우리가 M진주점에 출사표를 냈다는 둥 어쨌다는 둥 하는 일은 없습니다. 저는 원래 그런 종류의 경쟁을 좋아하지 않습니다. 저는 동양의 독특한 공예품으로서, 외국인에게 자랑할 만한 것을 만들겠다는 생각에 진작부터 고심해 왔습니다. 그런데 다행히도 이러한 방면에 대단히 솜씨가 좋은 사세 군이 와 주어서 오늘날 이렇게 세간의 평가를 받을 만한 작품을 완성할 수 있었습니다."

회장의 이야기는 다음과 같았다. 6월 20일에 전람회가 열리고 4, 5일이 지났을 무렵, 마침 세간에 진주탑에 대한 소문이 정점에 올라 있을 때이기도 하다. 상회에 두 사람의 손님이 찾아왔다. 한 명은 외국인이었는데 미국의 부호로 동양미술품 수집가 맥컬리라고 했고, 한 명은 일견 외국인으로도 보였으나 어엿한 일본 신사로, 일반인에게도 잘 알려진 의원인 하나노 시게루라며 명함을 보여주어 회장을 놀라게 했다. 맥컬리는 일본어를 전혀 하지 못하는 듯, 그 일본 신사가 유창한 영어로 통역했다고 한다. 요컨대 머지않아 딸의 결혼식이 있어서 7월 10일경에 기선으로 귀국하는데 그때 결혼 선물로 예의 진주탑을 사가고 싶다는 것이다. 그런데 진품은 가격도 비싼 데다가 전람회 중이라 가져갈 수도 없으니 2주 이내에 10만 엔 정도로 모조품을 만들어 줄 수 없겠냐는 것이었다. 회장은 사세 기사와 의논하여 8만 엔 정도로 의뢰를 받았다. 일본 신사가 "얼마나 비슷하게 만들 수 있는가?"라고 묻자, 사세는, "아무래도 작품의 질은 떨어질 테니까 전문가가 보면 알아보겠지만, 그렇지 않은 이들이라면 쉽게 분별이 안 갈 정도로는 할 수 있을 겁니다"라고 대답했기에 대단히 만족해하며 곧 보증금으로 2만 엔을 지불한 후, 기한을 늦추거나 진품과 그다지 비슷하지 않았을 때는 약속을 파기한다는 조건을 걸고 돌아갔다. 그 후 사세는 2주일 동안 전념해서 진주탑 제작에 몰두해 겨우 완성했다. 완성 기한에 관련해 한 번 하나노씨에게 전화가 왔었고 상점 쪽에서도 한 번 전화를 했으나 받지 않았다. 약속된 날에는 하나노씨가 와서 완성도를 보고 매우 기뻐하며 즉시 잔금을 지불한 후 자동차로 돌아갔다는 것이다.

그래서 그 일은 무사하게 끝났다고 생각했는데 그로부터 이삼일 지난 오늘 아침의 일이다. 사세는 전람회장에 가서 언제나처럼 자신의 작품 앞에 사람들이 모여 있는 것에 만족하면서 어깨 너머로 진주탑을 한번 보고는 저도 모르게 "앗!"하고 비명을 질렀다고 한다.

"정말 오늘 아침에는 깜짝 놀랐습니다." 사세는

입을 열었다. "저도 모르게 사람들 사이를 가르고 앞으로 나아갔습니다."

앞에 가서 자세히 보니, 있어야 할 진주탑 대신 모조품이 그 자리에 있었다. 사세가 잘못 본 것이 아니었던 것이다.

"일반인은 전혀 알아보지 못했을지도 모르지만, 반박할 수 없는 증거가 있습니다. 바로 제가 모조품을 만들 때 형편상 어쩔 수 없이 상처가 있는 진주 하나를 사용해야 하는 상황이어서 처마 밑 쪽 그늘진, 눈에 띄지 않는 곳에 박았다는 것입니다."

"이거야 원. 나도 상처가 있는 그 진주에 대해서 들을 때까지는 바꿔치기 되었다는 사실을 전혀 믿지 못했습니다"라고 회장이 덧붙였다.

사세는 즉시 회장을 불러, 우선 수위에게로 갔다. 귀중품들이 잔뜩 있는 곳이니 밤에는 특별히 두 사람이 교대로 순회하도록 정해져 있었다. 처음에 수위는 좀처럼 입을 열려 하지 않았으나 집요한 심문 끝에 사실대로 털어놓았다. 이틀 전 한밤중에 쨍그랑하고 유리가 깨지는 소리가 나서 깜짝 놀란 두 사람이 숙소에서 뛰쳐나가니 수상한 사람 하나가 막 채광창을 통해 달아나는 순간이었고, 그 바람에 유리창 한 장이 떨어진 것이다. 급히 출입문을 열어 바깥으로 나갔을 때에는 이미 도망친 후였다. 장내를 살펴보니 진주탑이 어느 새인지 유리 상자에서 꺼내져 원래 위치에서 2m 좀 안 되는 곳으로 옮겨져 있었다. 그러나 외견상으로 아무 피해도 없었기 때문에 두 사람은 의논한 끝에 탑을 상자 안에 되돌려 놓고 유리창은 바람에 떨어진 것으로 하고 아무일도 일어나지 않은 척했다. 즉 수위들은 도적이 미수 끝에 도망갔다고 생각하고 있었으나 실제로는 진품은 이미 실려 나갔고 가짜를 운반해 놓았다는 것이 이제 와서 발각된 것이다. 그래서 두 사람은 전람회 사무소에 신고하고 경시청으로 갔으나 비밀을 요하는 사건이어서 결국 하시모토에게 의뢰하게 된 것이다.

"진열 상자 열쇠는 평소에 누가 갖고 있습니까?"
친구는 처음으로 입을 열었다.

"두 개가 있는데 하나는 수위, 하나는 제가 갖고

있습니다." 사세가 대답했다.

"탑의 중량은 얼마나 됩니까?"

"약 12kg입니다. 대리석 받침이 있으니까요."

"그렇군요, 묘한 사건이네요. 좋아요, 제가 맡겠습니다. 먼저 현장과 수위를 조사해야겠군요."

회장이 기뻐하며 사세와 함께 돌아간 후, 얼마 안 있어 하시모토는 경시청에 전화를 걸었다.

"여보세요, 아, 다카다 군? 으응, 예의 그 건 말이오. 야간에 전람회장에 잠깐 들어갈 수 있도록 편의를 봐줬으면 하는데. 음, 맥컬리는 어제 귀국했다고… 으음, 확실한 사람인가? 아무래도 진주탑을 사지 않은 것 같아서. 호텔 직원이 일본인이 가져가는 것을 봤다고. 아, 그렇군. 하나노는 가명 같다는데. 그렇지. 하지만 뭔가 하나노씨와 관계가 있는 사람 같아. 으음, 그래, 그래, 여하튼 덩치가 큰 외국인 같다는 이야기이고 영리한 녀석 같아. 아니, 고마워. 으음, 당장 전람회 쪽으로 가보겠네. 그럼 이만." 전화를 끊고는 내 쪽을 향해, "어떤가, 자네. 함께 현장에 가지 않겠나?"라고 말했다.

2

 여름의 긴 햇살도 어느덧 기울고 바깥은 벌써 저녁 어스름이 깔렸다. 우에노의 야마노우치는 하얗게 부유하듯 여름용 가볍고 선선한 기모노 차림의 남녀 무리 몇몇이 들떠서 몰려다니고 있었다.
 전람회장에서는 두 사람의 수위가 기다리고 있었다. 운좋게 두 사람 모두 마침 숙직이어서 당장 현장을 안내해 주었다.
 장내는 고요히 가라앉은 채, 야간 개장 설비 없이, 넓은 회장 천장에 단지 두 군데 어스름한 전등이 졸린 듯이 옅은 빛을 던지고 있었고, 낮 동안 온 도시의 인기를 끌어모으며 시끌벅적했던 만큼 인기척이 없는 회장은 한층 고요했다. 수위 한 사람은 60세가 넘어 보이는 키가 큰 노인이었고, 한 사람은 퇴역 군인이라는데 쉬이 비밀을 털어놓을 것 같지 않은 건장한 마흔 정도의 남자로 둘 다 매우 인상이 좋아 보였다.

문제의 탑은 정면 입구 바로 오른쪽에, 사방이 유리로 된 상자에 보관되어 있었고, 밤눈에도 그 미끈미끈 풍만하고 아름다운 피부가 푸른 빛을 발하고 있는 것을 알 수 있었다. 수상한 자가 도망친 창은, 지상에서 4, 5m 정도 높이에 건물을 빙둘러 있는 일련의 채광창 중 하나로 벽 옆에 있는 1열의 진열대 높이는 3m에서 조금 모자랐고 그 진열대 꼭대기보다 약 2m 위에 열려 있었다.

"그렇습니다. 제가 발견했습니다." 젊은 쪽 수위는 친구의 질문에 대답했다. "마침 도망가려는 참이었습니다. 네에, 모든 입구가 열쇠로 잠겨 있었습니다. 확실합니다. 우리가 출입문을 여는 데 시간이 걸리는 바람에 수상한 자가 도망쳐 버렸습니다. 우리가 마치 공범이라도 되는 양, 의심하는 눈도 있는 것 같아 매우 유감스럽습니다. 그런데 어째서 저 탑을 저렇게 높은 창을 통해 운반했을까요…"

친구는 창의 높이를 눈짐작으로 헤아려보고 진

열대 주위를 살펴보는 등 세심히 조사한 뒤에, 팔짱을 끼고 명상에 빠져들었다. 이럴 때야말로 친구의 두뇌가 가장 활발하게 돌아갈 때라는 것을 알고 있는 나는 묵묵히 그것을 지켜보고 있었다.

"유리창이 떨어진 소리 때문에 알아챘다는 것은 확실합니까?" 친구가 갑자기 물었다.

"확실합니다. 파편이 흩어져 있었고, 바깥쪽 유리가 깨진 곳은 없었으니까요."

친구는 다시 깊은 명상에 빠졌다.

이윽고 무언가 생각난 듯, 수위들에게 인사를 건네고는 건물 밖으로 나갔다. 야마시타의 기쿠야에서 저녁을 먹은 후, 친구는 간다로 가자고 했다. 나는 그대로 그를 따라갔다.

"난처한 것이, 수위가 발견해 곧바로 신고하지 않아서 지문은 물론 증거가 될 만한 것은 아무것도 없어." 친구가 말했다. "수위는 사건과는 관계 없는 모양이야."

진보초 정류장에서 우리는 내렸다. 그 주변의 미로 같은 좁은 길을 여기저기 두세 구역 걷다가 어떤 건물 앞에서 멈추더니 친구는 갑자기 그 건물 벨을 눌렀다. 나는 놀라서 문패를 보았는데 거기에는 하나노 시게루라고 쓰여 있었다. 서생이 나오자 하시모토는 하나노씨를 만나고 싶다고 말했다.

"선생님은 지금 여행 중입니다"라고 무뚝뚝하게 서생은 말했다.

"저도 그 사실은 신문을 통해 알고 있습니다." 친구가 말했다.

"하지만 제발 부탁드리고 싶은 일이 있습니다. 어떻게 해야 할지 몰라 우왕좌왕하는데 오늘 아침 전차에서 우연히 오랜만에 이전에 외국에서 만난 적이 있는, 이름이 잘 기억나지 않는데, 그 분이 이 댁 어른과 아는 사이라며 선생님은 집에 계실 거라고 알려 주셨습니다."

"글쎄요, 누굴 말하는 건지"라고 서생은 뒤에 있는 동료를 돌아보며 말했다.

"외국이라고 하면 다무라씨 아니야? 하지만 그 사람은 선생님이 집에 안 계신 걸 알고 있을 텐데."

"키가 크고 약간 외국인처럼 생긴 분 말이죠?"

"그럼, 다무라씨네. 어째서 그런 말을 했을까…"

"다무라씨는 지금 어디에 계시죠?" 즉각 하시모토가 물었다.

"스루가다이의 호메이칸에 계실 거라 생각합니다." 서생은 수상쩍어하며 대답했다.

"대단히 감사합니다." 인사를 하고 친구는 밖으로 나왔다. 발은 자연스레 스루가다이로 향했다.

최근에 증축한 호메이칸은 그 주변에서 제일가는 호텔이었다. 행운인지 불행인지 다무라 군은 숙소에 있었다.

"맥컬리씨라는 분에게서 부탁받았습니다만"이라고 친구는 명함을 건넸다. 우리는 그의 방으로 안내받았다. 친구가 용모 기록만을 의지해 찾아낸 장소에서 만난 그 용모의 소유자는 여유롭게 우리 앞에 나타났다.

"갑작스럽지만 다무라씨. 실은 저는 이런 사람입니다만"이라고 하면서 친구는 다시 명함을 건네며, "그 무엇이든 숨기지 말고 말씀해 주셨으면 합니다. 그렇지 않으면 우리는 당신을 성명 사칭, 그리고 어쩌면 사기죄로 고발해야 할지도 모릅니다."

다무라는 한 번은 파랗게 변했다가 한 번은 붉게 분노를 드러냈다가 이윽고 체념한 듯, 이야기를 시작했는데 내용은 다음과 같았다. 그가 맥컬리에게 접근해 뭔가 한탕해 보고자 했을 때 맥컬리가 진주탑이 갖고 싶다고 해서, 이거야말로 절호의 기회라는 생각이 들었다. 그래서 상회에 모조품을 부탁하고 그것을 팔아볼 생각이었으나 그것을 맥컬리에게 간파당해 어쩔 수 없이 모조품은 팔지도 못하고 집으로 가져왔는데, 8만 엔이나 되는 돈을 무리해서 융통해 만들도록 부탁한 것이라 갚을 길이 없어진 지금에 와서는 야반도주밖에 길이 없다고 각오하고 있었다는 것이다. 그런데 신기하게도 그것을 사겠다는 사람이 나타나서 안도하게 되었다는 것이다. 그 사람은 맥컬리의 소개라며 찾아온 남자로 결국 7만 엔에 사갔다.

"검은 안경을 쓰고 키가 큰, 약간 새우등인 듯 보이는 사람으로 턱수염을 길렀고, 어디에선가 들어본 적 있는 목소리였는데 역시 첫 대면이라 그런지 조금 이상스러운 면도 있었습니다만, 이 상황에서 다른 수가 없다 보니 1만 엔 손해를 보고 그에게 넘겼습니다. 그런데 당신이 고소하신다면 더는 할 말이 없습니다. 천벌입니다."

"아니요, 저는 당신을 고발해야 할 위치에 있지 않습니다. 지금 하신 말씀에 거짓이 없다는 조건으로요. 그리 당황해하실 필요는 없습니다"라고 친구는 말했다.

"천지신명에게 맹세컨대 거짓이 없다고 단언합니다."

호메이칸을 나와 스루가다이 아래에 막 도착했을 때 그곳의 대시계는 10시를 알리고 있었다. 모처럼 실마리를 잡았다고 생각했는데 새롭게 등장한 정체묘연한 모조품 매입자 탓에 돌연 그 실마리가 끊어져 버렸다는 것은, 친구에게도 타격일 텐데 그다지 낙담한 모습은 아니었다. 이곳에서 우리는 헤어졌다.

다음 날 오후 하시모토에게서 퇴근길에 들러 달라는 전화를 받고 나는 직장에서 바로 그를 찾아갔다.

"여어, 잘 왔네. 실은 6시에 사세, 예의 그 상회 기사라는, 그 사람이 오기로 했는데 나는 잠깐 외출할 일이 있어서 자네가 상대를 좀 해주게. 되도록 7시경까지 기다리게 해주게."

내가 그러마고 답하자 그는 바로 외출했다. 6시에 사세가 찾아왔다. 내가 친구에게 급한 일이 생겨서 외출했다는 사실과 꼭 기다려 달라는 말을 전하자 그는 불쾌한 듯 자리에 앉았다.

"하시모토씨는 단서를 찾으신 걸까요?"

"글쎄요." 나는 그의 물음에 어느 정도까지 대답해야 할지 몰랐기 때문에 "다소 짐작은 하는 듯했습니다"라고 답했다.

"묘한 사건이니까요. 그 외국인이나 하나노씨가 관계하고 있는 걸까요?" 그가 물었다.

"그것은 아마 관계없을 겁니다."

"어떻게 그걸 알죠?" 그는 의외라는 투로 살짝 목소리를 높였다.

"아니, 아마 진품과 맞바꾸려는 목적으로 모조

품을 주문한 것은 아닐까요?"

7시가 다 되어 가는데 친구는 돌아오지 않았다. 사세가 이만 실례해야겠다고 일어서려 할 때, 전화벨이 요란하게 울렸다. 내가 다급히 수화기를 집어 들자 친구의 목소리가 들려왔다. 친구는 사세 군을 기다리게 해서 미안하다면서 사세 군이 곧 돌아올 것 같아 직접 사세 군 집을 방문했는데 어쩌다 보니 진주탑과 관련된 단서가 잡힌 듯하다, 그것을 모두에게 이야기하고 싶으니 지금 곧 두 사람이 함께 와 달라는 사실을 전했다.

사세의 집은 쓰키지바시 근처 강가에 위치해 있었고, 안내된 곳은 서양식 건물의 넓은 응접실로, 장식이 달린 전등이 번쩍번쩍 주변의 사치스러운 세간을 내비치고 있었다. 방안에는 어느새 불러 모았는지, 시모무라 회장과 다카다 경부의 모습도 보였다.

"사세씨, 실례했습니다." 모두가 자리를 잡자 하시모토는 입을 열었다. "달리 허락도 없이 여러분을 불러 모은 점, 언짢게 생각지 말아 주십시오. 실은 진주탑이 숨겨진 곳을 알아냈습니다. 그래서입니다."

"어디죠?" 회장과 기사, 그리고 내가 거의 동시에 외쳤다.

"지금 당장 보실 수 있습니다"라고 말하자마자, 그는 벽의 허리 높이쯤에 있는 판자의 일부에 손을 대는가 싶더니, "보십시오" 그러자 금세 벽이 열리고 그 안에서 찬연히 빛나는 진주탑이 나타났다. 갑자기 사세는 테이블 위의 꽃병을 집어 성난 눈을 날카롭게 빛내며 하시모토 쪽을 향해 던졌다. 그때 재빨리 다카다 경부가 사세의 팔을 잡아챘다. 화병은 목표를 빗나가 진주탑에 딱 부딪혀 무참하게 조각조각 흩어졌다. 순간 회장의 얼굴이 백지장처럼 창백하게 질렸다. 그때 하시모토의 목소리가 당당하게 울렸다.

"아니, 걱정할 필요는 없습니다. 이건 가짜입니다."

××××

"이번 일은 매우 간단하다네. 자네." 내가 사쿠라기초에 있는 그의 집으로 돌아와 향기 좋은 홍차를 마시며 변함없는 그의 실력을 칭찬하자, 그는 이렇게 말했다.

"즉 2 빼기 1은 1이라는 거지. 현장을 보고 제일 먼저 느낀 것은, 그 정도의 탑을 바꿔치기하려 하는데 높이 있는 창문을 이용하는 건 좀 이상하다. 그렇게 높은 창에서 탑을 하나 빼내고 하나를 집어넣는다는 것은 불가능한 것이 아닌가. 게다가 더 이상한 것은 유리 소리가 나서 도망친 것이 아니라 도망칠 때 깨졌다는 점이야. 즉 가짜 탑을 유리 상자에 넣지도 않고 밖에 내둔 채 도망갔다는 거지. 마치 몰래 침입한 것을 광고라도 하듯 말이지. 그래서 나는 다른 방면으로 생각해 봤네. 즉, 바꿔치기한 것이 아닌 게 아닐까 하고. 하지만 수상한 자가 들어간 것과 진주 중 하나가 바꿔치기 당한 것은 사실이라네. 그래서 굉장히 막연하기는 하지만 진짜를 가짜라고 착각하게 하려고 진주 하나만 바꿔치려고 숨어든다. 이것은 가능하니까 말이야. 그리고 거의 사세에게만 가능한 일이 아닌가. 열쇠도 그가 가지고 있어. 발견한 것도 그야. 그래서 녀석에게 약간 의혹을 둔 거네. 다무라를 찾아내서 가볍게 협박해 보니 묘한 녀석이 와서 사갔다는 거지. 안경이나 턱수염, 거기에 새우등 따위는 변장의 초보자들이 하는 거라네. 들어 본 적이 있는 듯한 목소리라고도 했고, 하하하, 이거야말로 사세라고 생각했지. 그래도 원래 탑에 대해서 알고 있는 것은 몇 명 안 되지 않나. 뭐, 대체로 그 자라고 생각했지. 그는 처음부터 다무라가 무슨 부정을 저지르려고 주문했다는 것을 분명 간파했을 거야. 그래서 다무라를 몰래 쫓아가 그 미국인이 사지 않았다는 것을 보고 그것을 되사서 다른 날 천천히 진짜와 바꾸려고 했던 걸 거야. 죄는 외국인과 사기꾼이 덮어쓸 테니 말이야. 그에게는 공범이 없는 듯하니 탑은 아마도 그의 집에 숨겨두었을 게 분명하지. 아마 응접실일 거라 생각했어. 왜냐하면 장식장이나 창고는 금방 찾을 테니까. 그리고 그를 여기에서 기다리게 하고 약속이 있는 것처럼 꾸며서 그의 집으로 가서 방안을 뒤졌지. 그런데 벽 허리 높이의 나무 판자 세공에 한 곳만 손때가 묻은 곳이 있었네. 언뜻 생각한 것이 하코네 세공의 비밀상자였어. 그래서 이런저런 수를 써봤는데 판자가 맞붙은 경계가 약간 어긋나서 거기에 또 한 장의 판자가 또 다른 어긋남을 만들고 있는 듯했지. 결국 작은 구멍을 발견했고 거기에 버튼이 있었네. 이것을 눌러 봤더니 벽이 열리는 장치였네. 그 다음은 자네가 알고 있는 대로야."

초판 『신취미』 1923년 8월호

에도가와 란포(1894-1965)

일본의 추리소설작가, 괴담·공포소설가, 일본추리작가협회 초대이사장 역임. 필명은 심취했던 소설가 에드거 앨런 포의 이름에서 따온 것으로, 본명은 히라이 다로이다. 와세다대학교 정치경제학부 졸업 후 무역회사를 비롯해 다양한 이력을 거쳐 1923년, 당시 소설가로 활약하던 모리시타 우손, 고사카이 후보쿠 등의 격찬을 받으며 잡지 『신청년』 4월호에 「2전 동화」를 연재하며 데뷔한다. 이후, 「D언덕의 살인사건」, 「괴인이십면상」 등 추리소설을 발표한다. 1954년에는 자신이 기부한 기금으로 에도가와란포상을 창설해 후세 육성에 힘을 기울이는 등 계명기 일본탐정소설 부문에서 커다란 업적을 남긴다.

4.
두 폐인

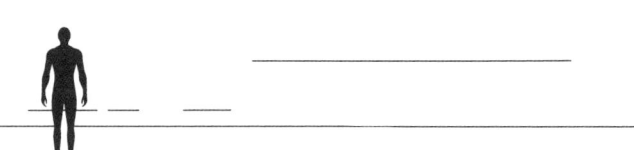

두 사람은 욕탕에서 나와 바둑을 한 판 둔 후에 담배를 피우고 떨떠름한 녹차를 홀짝홀짝 마시며, 언제나처럼 이런저런 잡담을 나누고 있었다. 따스한 겨울 햇살이 미닫이문 가득 쏟아져 8조 넓이의 다다미방을 따끈따끈하게 덥혔다. 오동나무 화로에는 은주전자가 잠을 청하는 듯한 소리를 내며 끓고 있었다. 꿈처럼 화평한 온천지의 오후였다.

 의미도 없는 잡담을 나누는 사이, 어느 새인지 이야기는 회고담으로 넘어갔다. 손님인 사이토씨는 아오지마에서 겪은 실제 전쟁담을 늘어놓기 시작했다. 방주인인 이하라씨는 가볍게 화로에 손을 쬐면서 묵묵히 피비린내 나는 그 이야기에 빨려들 듯 듣고 있었다. 이야기를 주고받는 듯이 휘파람새 소리가 멀리서 아스라이 들려왔다. 옛날이야기를 하기에는 딱 맞는 주변 정경이었다.

 보기에도 무참한 사이토씨의 상처 난 얼굴은 피비린내 나는 무용담의 당사자로서는 너무나도 잘 어울렸다. 그는 포탄 파편에 상처를 입었다며 자신의 오른쪽 얼굴 반쯤을 덮고 있는 상처를 가리키며 당시 상황을 눈앞에 펼쳐 보이듯 이야기했다. 몸 여기저기 칼자국이 있어 겨울만 되면 욱신거려서 이렇게 온천에 치료차 온다는 것이다. 그러면서 옷을 벗어 그의 묵은 상처를 보여주기도 했다.

"이래 봬도 젊었을 때는 상당한 야심가였는데 말이죠. 이런 모습이 되고 보니 다 부질없어졌죠."

사이토씨는 이렇게 말하며 긴 실전담의 매듭을 지었다.

이하라씨는 이야기의 여운이라도 맛보듯 잠시 말을 잇지 않았다.

'이 남자는 전쟁 때문에 일생을 완전히 망쳐 버렸군. 우리 둘 다 폐인이야. 그래도 이 남자에게는 명예라도 남아 위안이 되겠지. 하지만 나에게는…'

이하라씨는 언뜻 마음속의 묵은 상처에 섬뜩했다. 그리고 육신의 묵은 상처에 괴로워하는 사이토씨는 아직 행복한 것이 아닌가 싶었다.

"이번에는 제 참회 이야기 하나를 들려 드릴까요? 용감한 전쟁담 뒤에 조금은 음습한 이야기일지도 모르지만요."

 차를 다시 끓여 한 모금 마시고 이하라씨는 자못 용기라도 내려는 듯 말했다.

 "꼭 듣고 싶습니다."

 사이토씨는 바로 대답했다. 그리고 뭔가를 기대하는 듯 힐끗 이하라씨를 보았으나, 곧 아무것도 아니라는 듯 눈을 내리깔았다.

 이하라씨는 그 순간, '앗'하고 무엇인가 떠올랐다. 이하라씨는 지금 힐끗 자신을 바라본 사이토씨의 표정을 언젠가 본 적이 있는 듯한 느낌을 받았다. 그는 사이토씨와는 처음 만났을 때부터 — 라고는 해도 겨우 열흘 전의 일이지만 — 어쩐지 두 사람 사이에 전생에 약속이라도 한 것처럼 인연이 있는 듯한 기분이었다. 그리고 날이 갈수록 점점 그런 느낌이 짙어졌다. 그렇지 않다면 숙소도 다르고 신분도 다른 두 사람이 겨우 며칠 사이에 이렇게 친해질 리가 없다고 이하라씨는 생각했다.

 '아무리 생각해도 이상해. 이 남자 얼굴은 분명 어딘가에서 본 적이 있는 것 같아.' 그러나 아무리 생각해 봐도 전혀 생각나지 않았다. '어쩌면 이 남자와 나는 아주아주 오래전, 가령 철들기 전 어릴 때 같이 놀았던 친구였던 것은 아닐까'하는 생각을 하면 또 그런 것 같기도 했다.

"야, 필시 흥미로운 이야기를 들을 수 있겠네요. 그러고 보면 오늘은 왠지 옛일을 떠올려야 할 것만 같은 그런 날이 아닙니까."

사이토씨는 재촉하듯이 말했다.

이하라씨는 부끄러운 자기 신상의 일을 지금까지 다른 사람에게 얘기해 본 적이 없었다. 오히려 가능하면 숨기고 싶었다. 그리고 되도록 잊으려고 노력했다. 그런데 오늘은 무슨 일인지 갑자기 얘기하고 싶어졌다.

"음, 어떻게 얘기하면 좋을까… 저는 ××마을에서 조금은 유서 깊은 상인의 집 장남으로 태어났는데 아마도 부모님이 응석받이로 키운 탓이겠지만, 어렸을 때부터 병치레가 많아 학교도 1, 2년 늦게 갔을 정도입니다. 그것 말고는 이렇다 할 불편 없이 초등학교에서 중학교, 그리고 도쿄의 ××대학으로,

다른 사람보다 늦기는 했으나 그럭저럭 순조롭게 성장했습니다. 상경 후에는 비교적 몸 상태도 좋았고, 학과가 전문 과정으로 옮겨가면서는 흥미도 생겼습니다. 조금씩 친한 친구도 생기면서 자유롭지 못한 하숙집 생활도 오히려 즐거웠습니다. 그래요, 아무런 걱정도 없는 학창 시절을 보낼 수 있었죠. 지금 와서 생각하면 정말 그 무렵이 제 일생에서는 가장 빛나는 시기였습니다. 그런데 도쿄에서 지낸 지 1년이 채 지나지 않았을 무렵이었습니다. 저는 갑자기 섬뜩한 사실을 깨닫게 되었습니다."

여기까지 이야기하고 이하라씨는 왠지 살짝 몸을 떨었다. 사이토씨는 피우다 만 궐련을 화로에 꽂아놓고 귀를 쫑긋 세웠다.

"어느 날 아침이었어요. 등교할 생각으로 외출 준비를 하고 있었는데 같은 하숙에 있는 친구가 제 방으로 들어왔습니다. 그리고 제가 기모노를 갈아입는 등 나갈 채비하는 것을 기다리면서 "지난밤엔 대단한 기세가 아니었나!"라고 빈정거리는 것이 아니겠습니까. 하지만 저는 전혀 그 의미를 알 수 없었죠. "기세라니, 지난밤에 내가 기세 좋게 뭘 했다는 말인가?" 제가 의아한 듯한 얼굴로 반문했더니 친구는 느닷없이 배꼽을 잡고 웃으며 "자네, 아직 세수도 안 했지?"라는 둥 놀리는 듯한 말을 쏟아내는 겁니다. 그래서 다시 찬찬히 물어보니, 전날 밤 새벽녘에 친구가 자는 방에 제가 들어가서 친구를 흔들어 깨우더니 갑작스레 토론을 시작했다는 겁니다. 잘은 모르겠으나, 플라톤과 아리스토텔레스의 부인관에 대한 비교론인가 뭔가를 당당히 쉴 새 없이 지껄이고는 자기 할 말만 하다가 말을 끝맺고는, 친구의 의견 따위는 듣지도 않고 횡하고 나가버렸다는 거죠. 어딘지 여우에게라도 홀린 듯한 이야기였습니다. "자네야말로 꿈이라도 꾼 것 아닌가. 난 어젯밤에 일찍부터 잠자리에 들어 조금 전까지도 깊이 잠들어 있었다고. 그런 일이 있었을 리가 없어"라고 말하자, 친구는 "그런데 꿈이 아니라는 증거로 말이야, 자네가 돌아간 후에 나는 잠들지 못해서 오랫동안 책을 읽었을 정도라고. 무엇보다 확실한 것은, 보게, 이 엽서를. 그때 쓴 거라네.

꿈에서 엽서를 쓰는 놈이 세상에 있겠나"라고 정색하면서 주장하는 겁니다.

    그런 식으로 문답이 오갔으나 결국 결론을 못 내고 학교에 갔죠. 교실에 들어가 강사가 들어오기를 기다리는 사이에 친구가 뭔가 깊이 생각하는 듯한 눈빛으로 "자네는 지금까지 잠꼬대하는 습관이 있었던 건 아닌가"라고 물었습니다. 그걸 듣고 저는 왠지 무서운 무엇인가에 부딪힌 듯 저도 모르게 덜컥 가슴이 내려앉는 기분이었습니다. ─ 저에게는 그런 습관이 있었습니다. 어렸을 때부터 잠꼬대를 종종 했던 듯해요. 누군가 그 잠꼬대에 맞춰 놀리기라도 하면 자면서도 확실하게 대답했다고 합니다. 게다가 아침에는 전혀 기억하지 못했죠. 흔치 않은 일이라 근방에 소문이 날 정도였습니다. 하지만 그것은 초등학교 때 이야기고, 크면서 그러한 사실을 잊어버렸을 정도로 깨끗이 나았는데, 그때 친구한테 그런 질문을 받고 어쩐지 어린 시절의 나쁜 버릇과 지난 밤에 일어난 사건에 어떤 연관이 있는 것 같은 기분이었습니다. 그래서 그 이야기를 했더니, "그럼 그게 재발한 거네. 일종의 몽유병이라고 할 수 있겠네." 친구는 딱하다는 듯 이야기했습니다.

이쯤 되자 저도 걱정이 되기 시작했습니다. 몽유병이 무엇인지 확실히는 물론 알지 못합니다만, 몽중유행(夢中遊行), 이혼병(離魂病), 몽중범죄 등과 같은 말들이 기분 나쁘게 떠오르는 겁니다. 무엇보다 젊은 저에게는 잠꼬대 따위를 하는 것 자체가 창피해서 견딜 수 없었습니다. 만약 이런 일이 때때로 일어난다면 어찌해야 하나 싶어서, 진정이 되질 않았습니다. 그런 일이 있고 2, 3일 지나 용기를 내어 아는 의사를 찾아 상담해 보았습니다. 그런데 의사는 "아무래도 몽중유행중인 것 같지만 한 번 정도 발작했다면 그렇게 걱정할 필요 없네. 그렇게 신경 쓰는 게 오히려 병을 악화시키는 원인이 될 수 있지. 가능하면 마음을 가라앉히고 느긋하게 규칙적인 생활을 하며 몸을 건강하게 유지하게. 그러면 자연스레 병도 나을 거네"라며 매우 낙천적으로 이야기했습니다. 어쩔 수 없이 포기하고 돌아왔으나 불행하게도 저라는 인간은 태생적으로 매우 민감한 편이라서 한 번 그런 일이 생기자, 너무나 걱정이 돼서 공부 따위 손에 잡히지 않았습니다.

'부디 한 번으로 끝나고 재발하지 않으면 좋을 텐데'라고 생각하며, 그 당시는 매일 불안에 떨면서 흠칫흠칫했으나, 다행스럽게도 한 달 정도는 아무런 일 없이 지나갔습니다. 어휴, 살았다 싶었는데, 어땠을까요, 그런 기쁨도 잠시, 머지않아 이번에는 이전보다 심한 발작을, 그래요, 제가 꿈속에서 다른 사람의 물건을 훔치고 만 거죠.

아침에 눈을 떠서 보니, 머리맡에 기억에 없는 회중시계가 놓여 있는 것이 아닙니까. 이상한 일이라고 생각하고 있는데 같은 하숙집에 사는 한 남자 회사원이 "시계가 없어, 시계가 없어졌다고"라며 소란을 피우는 겁니다. 저는 '결국은'이라고 깨달았습니다만, 너무도 거북한 상황이라 사죄하러 가고 싶어도 그럴 수 없었습니다. 결국 지난번 몽유병이라고 귀띔해준 친구에게 부탁해서 제 병을 증명해 달라고 한 후 시계를 돌려주고 나서야 겨우 그 상황은 정리되었습니다. 그러나 아, 그 뒤로는 "이하라는 몽유병자다"라는 소문이 확 퍼져 버려서 학교 교실에서까지 화제가 될 정도였습니다.

저는 어떻게 해서든 이 창피한 병을 고치고 싶어서 관련된 책을 사들여 읽어도 보고, 여러 가지 건강법을 실천해 보기도 하고, 의사도 몇 명이나 바꿔가며 진찰받았습니다. 할 수 있는 모든 방법을를 써 보았으나 낫기는커녕 점점 나빠지기만 했습니다. 한 달에 한 번, 심할 때는 두 번 정도씩 반드시 예의 발작을 했고, 조금씩 그 범위가 넓어지기만 했죠. 그리고 그때마다 다른 사람의 물건을 가져오거나 제 소지품을 가져가서 어딘가 놓고 오는 겁니다. 그것만 없었어도 다른 사람에게 알려지지 않았겠으나 고약한 것이 대체로 뭔가 증거품이 남는다는 것이죠. 만약 아무도 모르게, 물론 저 자신도 모르겠지만요. 때때로 발작을 일으켰다면… 그런데 증거품이 없어서 모르고 지나갔을지도 모릅니다. 여하튼 제 신상의 일이지만 썩 기분 좋은 일은 아닙니다. 어떤 때는 한밤중에 하숙집에서 빠져

나가 근처 절 안에 있는 묘지에서 어슬렁거리는 일도 있었습니다. 그런데 운이 나빴던 것이 마침 그때 같은 하숙집에 사는 직장인이 회식에서 돌아오는 길에 묘지 바깥쪽 길을 지나가다가 낮은 산울타리 너머로 제 모습을 보고는, 거기에 유령이 나온다는 따위의 소문을 내고 다닌 거죠. 실제로 그게 저라는 사실을 알게 되었고, 그 뒤로는 어땠겠습니까. 엄청난 소문거리가 된 거죠.

 그런 식으로 저는 보기 좋게 비웃음거리가 됩니다. 정말로 이런 상황을 다른 사람이 보면 소가노야(일본의 희곡작가) 이상의 희곡이지 않겠습니까? 하지만 당시의 저에게는 그 상황이 얼마나 괴롭고, 얼마나 기분 상하는 일이었는지, 그 기분은 당사자가 아니면 도저히 이해할 수 없을 겁니다. 처음 얼마 동안은 오늘 밤도 실수하지 않을까, 오늘 밤도 잠결에 무슨 짓을 하지 않을까, 그게 너무 두려웠습니다. 그런데 점차 단순히 잔다는 것 자체가 공포가 되었습니다. 잠들고 말고와는 상관없이 밤이 되어 잠자리에 들어야 한다는 것 자체가 위협적인 관념으로 변했습니다. 그렇게 되고 보니 멍청한 소리 같지만, 제 것이 아니라도 이불 따위의 자는 것과 관계된 것만 보아도 뭐라 말할 수 없는 심정이 되었습니다. 보통 사람들에게는 하루 중 가장 편안한 휴식의 시간이 저에게는 가장 괴로운 된 것입니다. 이 무슨 불행한 몸입니까.

게다가 저에게는 발작이 일어나기 시작했을 때부터 무서운 걱정이 하나 생겼습니다. 언제까지든 지금과 같은 희곡이 계속되어 사람들의 웃음거리로만 끝난다면 좋겠으나, 만약 이게 어느 날엔가 돌이킬 수 없는 비극을 낳는 것은 아닐까 하는 점이었습니다. 아까도 말씀드렸듯이 몽유병에 관한 서적은 가능한 모든 방법을 동원하여 수집해서 몇 번이나 되풀이해서 읽었을 정도니까 몽유병자의 범죄에 어떤 실례가 있는지 따위 너무 많이 알고 있었죠. 그리고 그중에는 몸서리처지는 다수의 피비린내 나는 사건이 포함되어 있었던 겁니다. 소심한 제가 그런 일이 일어날까봐 얼마나 걱정했는지, 이불만 봐도 기분이 나빠진다는 것도 결코 무리는 아니지 않습니까. 이윽고 저도 이대로는 살 수 없다고 깨달았습니다. 이럴 바에야 학업을 포기하고 고향으로 돌아가자고 결심했던 겁니다. 그래서 처음 발작을 일으킨 지 반년 남짓이 지났을 무렵, 긴 편지를 써서 부모님께 의논을 드렸습니다. 답장을 기다리고 있는 사이, 어떻게 됐을까요, 제가 그토록 두려워하던 사건이 드디어 현실이 되고 말았습니다. 제 일생을 엉망진창으로 만들어버린, 되돌릴 수 없는 비극이 일어난 겁니다."

사이토씨는 꿈쩍도 하지 않고 진지하게 듣고 있었다. 그러나 그의 눈은 이야기에 대한 흥미 이상의 무엇인가를 말하고 있는 듯 보였다. 정월 대목도 훨씬 지난 온천지는 건강을 위해 온천을 찾는 손님도 별로 없어서 고요했고, 아무 소리도 들리지 않았다. 작은 새소리도 더는 들리지 않았다. 현실 세계라는 것에서 멀리 떨어진 세계에 두 사람의 폐인이 평범하지 않은 긴장감으로 마주하고 있었다. "그것은 지금부터 딱 20년 전, 메이지 ××년의 가을에 있었던 일입니다. 상당히 오래된 이야기입니다만.

어느 날 아침 눈을 떴는데 어쩐지 하숙집 안이 술렁거리는 것을 깨달았습니다. 뜨끔한 흠을 지닌 저는 또 무슨 실책이라도 벌인 것은 아닐지, 곧바로 불쾌함이 덮쳐 왔습니다만, 잠시 누워서 어떤 상황일지 상상해 보고 있었는데 아무래도 보통 일이 아니라는 생각이 들었습니다. 표현할 길 없는 두려운 예감에 등줄기가 오싹했습니다. 저는 주뼛주뼛하면서 방안을 둘러보았습니다. 그때 어딘지 이상하다는 느낌이 들었습니다. 방안에 지난밤 잘 때와는 어딘지 달라진 곳이 있는 것 같은 느낌이 드는 겁니다. 그래서 벌떡 일어나 자세히 살펴봤더니 예상대로 이상한 것이 눈에 들어왔습니다. 방 입구 쪽에 기억에 없는 작은 보자기 꾸러미가 있는 것이 아닙니까. 그것을 본 저는 어땠겠습니까. 당장 그것을 집어 들어 옷장 안에 던져넣었던 겁니다. 그리고 옷장 문을 닫고는 도둑놈처럼 주변을 둘러보고 휴하고 한숨을 쉬었습니다. 마침 그때, 소리 없이 미닫이문이 열리고 친구 하나가 고개를 내밀었습니다. 그리고 작은 소리로 "자네, 큰일났네"라고 자못 걱정스러운 듯이 속삭였습니다. 제가 방금 했던 거동을 들키지는 않았을까 안절부절 대답도 못 하고 있자니, "노인이 살해당했어. 지난밤 도둑이 들었대. 자, 잠깐 와 보게." 그렇게 말하고 친구는 가버렸습니다. 저는 그걸 듣고 숨이 턱 막히는 듯해서 잠시 움직일 수조차 없었으나, 겨우 정신을 차리고 어떤 상황인지 살피러 방에서 나갔습니다. 그리고 제가 무엇을 보고, 무엇을 들었을 것 같습니까. ― 그때 뭐라 말할 수 없는 이상한 기분이었다는 것은 20년 후인 지금도 어제 일처럼 또렷이 떠오릅니다. 특히 죽은 노인의 끔찍한 얼굴은 자나 깨나 눈앞에서 아른거려 사라지지 않습니다."

이하라씨는 공포에 견딜 수 없다는 듯이 주변을 둘러보았다.

"자, 그때 무슨 일이 있었는지 요약해서 말씀드리자면, 그날 밤, 마침 자식 부부가 친척 집에 다니러 갔다가 자고 온다고 해서 하숙집 노주인은 혼자서 현관 옆방에서 자고 있었는데, 언제나 아침 일찍 일어나는 주인이 그날만은 늦게까지 일어나지 않자

여종업원 한 사람이 의아하게 여겨 그 방을 살펴보았더랍니다. 그랬더니 노인이 이불 위에 반듯이 누운 채로, 두르고 자던 모직 목도리로 교살당해 차갑게 변해 있었다는 겁니다. 조사 결과, 범인은 노인을 죽인 후, 노인의 염낭에서 열쇠를 꺼내 옷장 서랍을 열어 그 안에 있던 휴대용 금고에서 고액의 채권과 주권을 훔쳐 간 것이 밝혀졌습니다. 여하튼 그 하숙집은 새벽녘에 돌아오는 손님을 위해 언제나 입구 문을 잠그지 않기 때문에 도둑이 잠입하기에는 안성맞춤이었으나, 죽임을 당한 노주인이 어이없을 정도로 잠귀가 밝은 남자여서 별다른 일은 없을 거라고 모두 안심했답니다. 현장에는 특별히 이렇다 할 만한 단서도 발견되지 않았다고 하는데, 단지 하나, 노주인의 베개 밑에 떨어져 있던 더러운 손수건 한 장을 경시청 관계자 가져갔다는 말을 전해 들었습니다.

  잠시 후에 저는 제 방 옷장 앞에 서서 그것을 열까 말까 하고 손을 대었다 떼었다 하면서 갈팡질팡하고 있었습니다. 옷장 안에는 예의 보자기 꾸러미가 있습니다. 만약 거기에 살해당한 노인의 재산이 들어 있다면 ― 그렇다면 그때 제 기분이 어떨지 생각해 보십시오. 정말로 목숨이 걸린 희곡의 마지막 장이라고 해야겠죠. 저는 오랫동안 그렇게 수명이 줄어드는 느낌으로 차마 옷장을 열지 못한 채 서 있었습니다. 그리고 드디어 결심이 서서 보자기 꾸러미를 살펴보았는데, 그 순간 저는 빙글빙글 현기증이 나서 잠시 정신을 잃고 말았습니다. ― 있었던 겁니다. 그 보자기 꾸러미 안에 채권과 증권이 떡하니 들어 있었던 겁니다 ― 현장에 떨어져 있던 손수건도 제 것이었다는 사실이 나중에 밝혀졌습니다.

결국, 저는 그날 바로 자수했습니다. 그리고 여러 관계자들에게 몇 번이나 취조받고 지금 떠올려도 오싹해지는 미결수 감옥에 들어가게 되었습니다. 왠지 대낮에 악몽을 꾸는 듯한 기분이었습니다. 몽유병자의 범죄라는 것이 그다지 흔치 않은 일이라 전문가의 감정과 하숙집 사람들의 증언 등 귀찮은 조사가 있었으나, 제가 상당히 부유한 집의 자식으로 돈 때문에 살인을 범할 리가 없다는 사실도 알려졌고, 제가 몽유병자라는 것은 친구들이 증언해 주어 명백해졌습니다. 게다가 고향에서 부친이 상경해서 변호사를 세 사람이나 두어 힘을 써 주었고 처음 몽유병을 발견한 친구 — 그는 기무라라는 남자였는데 — 그 남자가 학교 친구들을 대표해서 열심히 저를 변호해 주었고, 그 밖에도 여러모로 저에게 유리한 사정이 도움을 주어 오랜 미결수 감옥생활 후에 드디어 무죄 판결을 받았습니다. 그러나 무죄가 되었다고는 해도 살인자라는 사실은 그대로 남아 있었습니다. 이 무슨 기이한 상황입니까. 저는 무죄 판결을 기뻐할 기력도 남아있지 않을 정도로 지쳐 있었습니다.

저는 방면된 후 바로 부친과 동행하여 고향으로 돌아갔습니다. 집 문턱을 넘어가니 이전에도 반은 병자 취급받았던 저였지만, 그때부터는 정말로 병자가 되었습니다. 반년 정도 누워서 지냈습니다. — 이런 연유로 저는 평범한 일생을 모두 날리고 만 겁니다. 부친의 뒤는 동생이 잇게 되었고 그 뒤로 20

년이라는 긴 세월을, 젊은 시절의 은둔자라는 처지로 살고 있지만 지금은 번민도 사라졌습니다. 하하하 —"

이하라씨는 힘없이 웃으며 자기 신상에 대한 긴 이야기를 끝맺었다. 그리고,

"시시한 이야기를 들어 주시느라 오죽 무료하셨습니까. 자, 뜨거운 차 한 잔 더 하시죠."

라고 하면서 차 도구를 자기 앞으로 끌어왔다.

"그렇습니까. 언뜻 보아도 사연이 있어 보였는데 들어 보니 당신도 역시 불행한 분이시군요." 사이토씨는 의미심장한 한숨을 내쉬며 물었다. "그런데 그 몽유병은 완전히 나으신 건가요?"

"신기한 일이지만 살해 사건 소동 이후로는 잊은 듯이 한 번도 발작이 없었습니다. 필시 그때 너무 심한 자극을 받아서일 거라고 의사는 말하더군요."

"그 당신의 친구였던 분… 기무라씨라고 하셨지요? … 그 분이 처음에 당신의 발작을 발견한 거네요. 그 뒤에 시계 사건, 묘지 유령 사건, … 그 밖에는 어떤 종료의 것들이었습니까? 기억하는 게 있으

면 말씀해 주시겠습니까?"

사이토씨는 갑자기 말을 살짝 더듬어가며 물었다. 하나밖에 없는 그의 눈이 이상스럽게 빛났다.

"글쎄요. 모두 비슷비슷한 일들이죠. 살인사건을 제외하면 하여간 묘지에서 방황했을 때가 가장 이상했던 것 같네요. 그리고는 대체로 같은 하숙생들의 방에 침입한 종류의 것이었습니다."

"그래서 항상 물건을 가져오거나 떨어뜨리고 오거나 해서 발견되었다는 거네요?"

"그렇습니다. 하지만 그렇지 않은 경우도 이따금 있었을지도 모릅니다. 어쩌면 묘지는 일도 아닐지도 모르죠. 훨씬 더 멀리 가서 방황했던 적이 있었을지도 모르죠."

"맨 처음 기무라라는 친구와 논쟁하셨을 때하고 묘지에서 하숙집 사람에게 들켰을 때, 그 밖에 누군가에게 들킨 일은 없었습니까?"

"아니요. 아마 더 많이 있을 겁니다. 한밤중에 하숙집 복도를 걸어 다니는 발소리를 들은 사람이 있는가 하면, 다른 사람의 방에 침입하는 장면을 본 사람 등도 있었던 듯해요. 그런데 당신이 어째서 그런 걸 묻는 겁니까? 어쩐지 제가 취조당하는 것 같네요."

이하라씨는 악의 없이 웃어 보였으나, 실은 지금 상황이 어쩐지 섬뜩하게 느껴진다는 것도 사실이었다.

"아, 죄송합니다. 결코 그렇지 않습니다만, 당신 같은 인물이 설사 꿈속이었다 해도 그런 무서운 일을 저지르셨다고는 도저히 생각할 수가 없어서요. 게다가 한 가지, 저에게는 아무리 생각해도 의아한 점이 있습니다. 부디 화내지 말고 들어 주십시오. 저처럼 완전치 못한 인간이 인간 세상에서 멀어져 살다 보면 문득문득 무엇이든 의심쩍게 생각하게 됩니다. …그런데 당신은 이런 점을 생각해 보신 적이 있을까요? 몽유병자라는 것은 그 징후를 본인이 절대로 알 수 없는 겁니다. 한밤중에 돌아다닌다거나 이야기를 한다거나 해도 아침이 되면 완전히 잊어버립니다. 즉 다른 사람이 알려주어야 비로소 "나는 몽유병자구나"라고 생각할 정도죠. 의사들 말로는 여러 가지로 신체적인 징후도 있는 듯하지만, 그렇다고 해도 실은 막연하기 때문에 발작을 동반해야 비로소 몽유병이라는 것을 알게 되지 않겠습니까? 제가 의심이 많은 탓이기도 하겠지만 당신은 너무도 쉽게 자신의 병을 믿어버렸다고 생각합니다."

이하라씨는 무엇인지 정체 모를 불안감이 몰려오는 것을 느꼈다. 그것은 사이토씨의 이야기에서 온 것이라기보다는 오히려 보기도 무서운 상대의 용모에서, 그 용모의 뒤에 숨은 어떤 자에게서 오는 불안이었다. 그러나 그는 일부러 그런 감정을 억누르며 대답했다.

"그렇군요. 저도 처음 발작했을 때는 그렇게 의심해 보기도 했습니다. 그리고 제가 몽유병자가 아니었으면 하고 빌었을 정도죠. 하지만 그렇게나 오랫동안 끊임없이 발작이 일어난다면 더 이상 그런 염원도 부질없어지지 않겠습니까?"

"그런데 당신은 중요한 사실 하나를 눈치채지 못하고 계시는 것 같습니다. 그건 말이죠, 당신의 발작을 목격한 사람이 적다는 거죠. 아니, 따져보면 단 한 사람이었다는 점입니다."

이하라씨는 상대방이 터무니없는 공상을 하는 것 같다는 사실을 깨달았다. 게다가 실은 보통 사람은 생각도 하지 못할 공포스러운 것이었다.

"한 명이라고? 아니, 결코 그렇지 않습니다. 아까도 말한 것처럼 제가 다른 사람의 방에 들어가는 뒷모습을 봤다거나 복도의 발소리를 들었다거나 한 사람은 얼마든지 있습니다. 그리고 묘지의 경우에는, 이름은 잊어버렸으나 회사원이 분명히 목격해서 저에게 그 이야기를 해주었을 정도니까요. 그렇지 않더라도 발작할 때마다 분명히 다른 사람의 물건이 제 방에 있거나, 제 소지품이 상상할 수도 없는 곳에 떨어져 있기도 했으니까 의문의 여지가 없지 않습니까. 물건이 혼자서 움직여 어딘가를 갈 수는 없는 일이니까요."

"아니요. 그런 식으로 발작할 때마다 증거품이 남아 있었다는 점이 오히려 이상하다는 겁니다. 생각해 보십시오. 그런 물건들은 반드시 당신 자신의 손을 빌리지 않더라도 누군가 다른 사람이 몰래 위치를 바꿔 놓았을 수도 있으니까요. 그리고 목격자가 많았다고 말씀하셨는데, 묘지의 경우에도 그렇고, 그 밖에 뒷모습을 봤다거나 하는 것은 모두 애매한 부분이 있습니다. 당신이 아닌 다른 사람을 봤더라도 몽유병자라는 선입관 때문에 약간 어스름한 새벽녘에 수상쩍은 사람의 그림자를 보았다면 바로 당신이라고 단정지을 수도 있습니다. 그럴 때 잘못된 소문을 냈다고 해도 전혀 비난받을 염려도 없을 뿐더러, 하나라도 새로운 사실을 보고하는 것을 무슨 공적이라도 세운 듯 생각하는 사람도 있으니까요. 그럼, 이렇게 생각해 보면 어떨까요. 당신의 발작을 목격했다는 몇 명의 사람들도, 많은 증거물도 모두 어떤 한 남자의 속임수에서 나온 것이라고 말할 수 있지 않을까요? 그것은 대단히 교모한 속임수임이 분명합니다. 하지만 아무리 교모해도 속임수는 속임수니까요."

이하라씨는 놀라서 기가 막힌 듯, 멍하니 상대의 얼굴을 바라보았다. 너무 놀란 나머지 생각을 정리

할 힘도 잃어버린 듯했다.

"그래서, 제 생각을 말씀드리자면, 모든 것이 그 기무라라는 친구가 고심한 끝에 짜낸 속임수일지도 모른다는 것입니다. 무슨 이유에서인지 그 하숙집 노주인을 없애고 싶다, 몰래 죽여 버리고 싶다고 생각했죠. 하지만 아무리 교묘한 방법으로 그를 죽여도 살인이 행해진 이상 아무래도 하수인을 내세우지 않고는 혼자서는 불가능할 것 같아서 누군가 다른 사람을 자기 대신 하수인으로 삼고, 거기에 그 사람에게는 되도록 폐가 되지 않는 방법으로… 만약, 만약입니다. 그 기무라라는 사람이 이런 입장이었다고 가정한다면 당신이라는, 쉽게 사람을 믿는 심약한 사람을 몽유병자로 만들어 한바탕 희극을 벌인 것이라면, 실로 더할 나위 없는 계획이 아니겠습니까.

이러한 가정을 먼저 세운 후, 그것이 이론상 성립될 수 있는지 살펴봅시다. 자, 기무라라는 사람은 어떤 기회를 살피다가 당신에게 있지도 않은 지어낸 얘기를 들려줍니다. 그런데 일이 잘되어 가려니 당신이 유년시절에 잠꼬대하는 버릇이 있었다는 것 하나가 도움이 되죠. 그렇게 시험 삼아 했던 말이 의외로 효과적이었던 거죠. 그래서 기무라씨는 다른 하숙인의 방에서 시계 등 다른 물건을 훔쳐 당신이 자는 방안에 넣어 둔다거나, 들키지 않게 당신의 소지품을 훔쳐내서 다른 곳에 떨어뜨린다거나, 자기 자신이 마치 당신인 듯 꾸며서 묘지나 하숙집 복도 등을 걸어 다니는 등, 갖가지 기지를 발휘해 더욱 당신이 맹신하도록 했습니다. 다른 한편으로는 당신 주위에 있는 사람들에게 당신이 몽유병자라는 사실을 믿게 하려고 이런저런 말을 꾸며 냅니다. 이렇게 당신이 몽유병자라는 사실을 본인도, 주위에도 완전히 믿게 한 다음, 가장 적절한 상황을 골라 기무라씨 자신이 노렸던 노인을 살해합니다. 그리고 그의 재산을 몰래 당신 방에 넣어 두고 미리 훔쳐둔 당신의 소지품을 현장에 놓아둡니다. 이런 식의 상상이 당신에게는 이론적이라고 생각되지 않습니까? 불합리한 면을 단 한 가지라도 찾아낼 수 있겠습니까? 그리고 결과는 당신이 자수하는 것이었죠. 정말 당신은 그것 때문에 상당히 괴로워했을 게 분명하지만, 형벌이라는 측면에서 무죄까지는 못 받더라도 비교적 가볍게 끝날 것은 알고 있었을 겁니다. 그렇지, 다소의 형벌을 받는다 해도, 당신 쪽에서 보면 병 때문에 범한 죄였으니까 진짜 범죄만큼은 괴로워하지 않을 터였죠. 적어도 기무라 씨는 그렇게 믿었을 겁니다. 특별히 당신에게 적의가 있지도 않았으니까요. 그러나 만약 그가 당신이 지금 한 것과 같은 고백을 들었다면 틀림없이 후회했을 겁니다.

이런, 뜻하지 않게 실례가 되는 말씀을 드렸습니다. 부디 기분 나쁘게는 생각지 말아 주십시오. 이런 얘기를 한 것도 당신의 참회를 듣고 너무 딱하다는 생각이 들어서 그만 무아지경으로 이상한 생각을 말씀드리고 말았습니다. 그러나 당신의 마음을 20년 동안 괴롭혀온 사실도 이런 식으로 생각한다면 마음이 가벼워지지 않을까요. 정말이지 제가 말씀드린 게 억측일지도 모릅니다. 하지만 설사 억측이라 해도 그렇게 생각하는 편이 이치에도 맞고 당신 마음도 편해진다면 그걸로 되는 것 아니겠습니까.

기무라라는 사람이 어째서 노인을 죽여야 했나. 그것은 제가 기무라씨 자신이 아닌 이상 아무래도 알 방법이 없지만, 거기에는 분명 말할 수 없는 깊은 이유가 있을 겁니다. 예를 들면, 그렇죠, 복수와 같은…"

사이토씨는 이하라씨의 얼굴색이 새파래진 것을 발견하고는 돌연 이야기를 멈추고 무엇인가에 겁을 먹은 듯 고개를 숙였다.

두 사람은 그 상태로 긴 시간 마주 앉아 있었다. 겨울 해는 저무는 것이 일러서 미닫이문의 햇살도 옅어져 방안에는 으스스한 공기가 차올랐다.

이윽고 사이토씨는 흠칫흠칫하며 인사를 하고는 도망치듯 돌아갔다. 이하라씨는 그런 사이토씨를 배웅할 생각도 하지 않았다. 그는 원래 있던 장소에 앉은 채, 북받치는 분노를 가만히 억누르고 있었다. 생각지도 못했던 발견에, 사려 깊었던 본래의 마음을 잃지 않기 위해 전력을 다했다.

그러나 시간이 지남에 따라 새파랗게 질렸던 얼굴색도 점차 원래의 빛을 찾아갔다. 그리고 드디어 쓰디쓴 웃음이 그의 입가에 흘렀다.

'얼굴 모양만 보면 완전히 변했지만, 녀석은, 녀석은 — 하지만 가령 그 남자가 기무라 자신이었다 하더라도 나는 무엇을 증거로 복수할 수 있는가. 나라는 어리석은 자는 손도 발도 쓰지 못한 채, 제멋대로인 그 남자의 연민을 감사하게 받는 수밖에 없지 않나.'

이하라씨는 자신의 어리석음을 절실히 깨달은 듯한 기분이었다. 그리고 동시에 세상 누구보다 훌륭한 기무라의 기지를, 증오한다기보다 오히려 찬미할 수밖에 없었다.

초판 『신청년』 1924년 6월

아쿠타가와 류노스케(1892-1927)

일본의 소설가. 1916년 동경제국대학교 재학 중에 발표한 「코」가 나쓰메 소세키에게 높은 평가를 받아 등단, 졸업 후에는 해군기관학교에서 위탁교관으로 영어를 가르치는 한편, 「감자죽」, 「기독교인의 죽음」, 첫 번째 단편집 『라쇼몽』 등을 발표한다. 1919년에는 교관을 사임하고 오사카매일신문사 사원으로서 문필 활동에 전념한다. 1927년, 36세의 나이로 자살한다.

5.
피아노

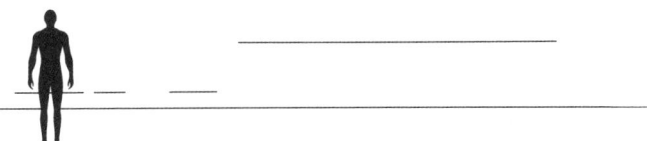

어느 비 오는 가을날, 나는 어떤 사람을 방문하기 위해 요코하마의 야마노테를 걸어가고 있었다. 이 주변은 황폐한 지진 당시와 거의 변함이 없었다. 만약 조금이라도 달라졌다고 하면, 그것은 한쪽에 슬레이트 지붕과 벽돌 벽이 무너져 내린 가운데 명아주가 자라고 있는 것뿐이었다. 실제로 어떤 집이 무너져 내린 터에는 덮개가 열린, 활 모양의 피아노까지도 반쯤 벽에 묻힌 채, 윤기 나는 건반을 드러내 놓고 있었다. 그뿐 아니라 크고 작은 각종 악보집이, 옅은 색을 머금은 명아주 속에 복숭아빛, 물빛, 연한 노란빛 등의 가로쓰기 표지를 드러내 놓고 있었다.

나는 그곳을 찾은 목적의 그 사람과 어떤 복잡한 용건에 대해 이야기했다. 이야기는 쉽게 정리가 되지 않았다. 밤이 되어서야 겨우 그 사람의 집에서 나올 수 있었다. 그것도 머지않아 다시 한번 면담할 것을 약속해야 했다.

다행스럽게도 비는 그쳐 있었고 바람 부는 하늘

에 달도 이따금 빛을 흘리고 있었다. 기차를 놓치지 않기 위해 (담배를 피울 수 없는 기관 열차는 물론 나에게는 금물이었다) 되도록 발걸음을 빨리했다.

그때 갑자기 들려온 것은 누군가가 피아노를 치는 소리였다. 아니, '친다'라기보다는 오히려 '닿았다'고 할 수 있는 소리였다. 나도 모르게 발걸음을 늦춰 황량한 주변을 바라보았다. 마침 피아노는 달빛에 좁고 긴 건반을 드러내 보였다, 그 명아주 안에 있던 피아노는. … 그러나 인기척은 아무 데도 없었다.

그것은 단 하나의 음이었다. 그런데 피아노임에는 분명했다. 나는 어쩐지 으스스해져서 다시 한번 발걸음을 서두르려 했다. 그때 뒤로 했던 피아노가 분명하게 다시 희미한 음을 냈다. 나는 물론 뒤돌아보지 않고 지체없이 발걸음을 재촉했다. 습기를 품은 바람이 한바탕 불어오는 것을 느끼면서…

그 피아노 소리에 초자연적인 해석을 덧붙이기에는 나는 지나친 현실주의자였다. 사람의 모습은 보이지 않았지만, 저 무너진 벽 근처에 고양이라도 숨어 있었을지도 모른다. 만약 고양이가 아니라면, … 그 밖에도 족제비라든지, 두꺼비라든지의 가능성도 고려해 보았다. 그렇지만 어쨌든 사람 손을 빌리지 않고 피아노 소리를 냈다는 것은 신기했다.

닷새 정도 지난 후, 나는 같은 용건으로 같은 야마노테를 지나게 되었다. 피아노는 변함없이 고요히 명아주 속에 웅크리고 있었다. 복숭아빛, 물빛, 연한 노란빛 등의 악보책이 흩어져 있는 것도 이전과 다름없었다. 단지 오늘은 이들과 함께 무너져 내린 벽돌과 슬레이트도 화창한 가을 햇빛에 빛나고 있었다.

나는 악보집을 밟지 않으려고 노력하며 피아노 앞으로 다가갔다. 지금 눈앞에 있는 피아노를 보니 건반의 상아빛도 광택을 잃고 덮개 칠도 벗겨져 있었다. 특히 다리에는 까마귀머루와 비슷한 한 줄기 넝쿨 풀도 엉켜 있었다. 나는 이 피아노를 앞에 두고 뭔가 실망 비슷한 감정을 느꼈다.

"무엇보다 이런 상태로 음이 나올까?"

나는 이렇게 혼잣말을 했다. 그러자 피아노는 그 순간 갑자기 희미한 음을 냈다. 마치 내 의혹을 꾸짖는 듯. 그러나 나는 놀라지 않았다. 그뿐 아니라 미소까지 머금고 있다는 것도 느꼈다. 피아노는 지금도 햇빛에 흰 건반을 펼쳐 보이고 있었다. 그런데 어느 새인지 거기에 밤이 하나 떨어져 있었다.

나는 길가로 되돌아와 다시 한 번 폐허를 뒤돌아봤다. 겨우 발견한 밤나무는 한쪽으로 기울어져, 슬레이트 지붕에 눌린 채로 피아노를 덮고 있었다. 그런 것은 어찌 되었든 상관없었다. 나는 단지 명아주 안에 활 모양의 피아노에 눈길을 주었다. 작년의 그 지진 이후, 아무도 모르는 음을 지녀온 피아노에게.

초판 『신소설』 1925년 5월

고사카이 후보쿠(1890-1929)

일본의 의학자, 수필가, 번역가, 추리작가, 범죄연구자. 도호쿠제국대학교 교수 역임. 의학자로서 생리학과 혈청학 연구에서 업적을 남겼는데 세계적으로도 권위를 인정받았다. 1921년부터 잡지 『신청년』에 탐정, 범죄를 주제로 한 소설, 논문을 발표, 그 이듬해 건강 문제로 교수직을 사임하고 1924년부터 탐정소설가로서 본격적으로 활동한다. 에도가와 란포의 데뷔작 「2전동화」는 고사카이가 추천하여 세상에 알려진 작품이다.

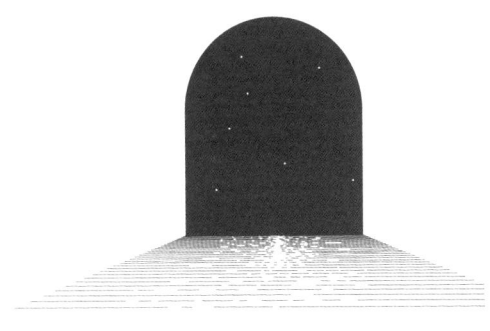

6.
닮은꼴의 비밀

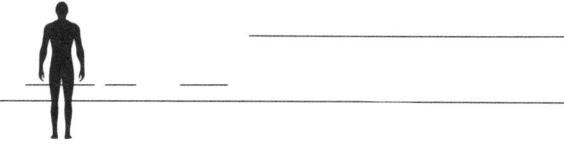

그리운 T님.

저는, 지금 뭐라고 제 마음을 당신에게 전해야 할지 정말 고민이 됩니다. 당신은 지금쯤 분명 저를 원망하고 계실 겁니다. 정말 이렇게 펜을 들었지만 두려운 것 같기도 하고, 부끄러운 것 같기도 하고, 그리고 슬프기도 한 것 같아서, 무엇부터 써야 할지 모르겠습니다. 저는 지금부터 당신에게는 매우 의외의, 세상 무엇보다 무서운 제 비밀을 전하고자 합니다. 그리고 저는 마음 깊이 당신께 사죄하고 당신의 용서를 구하고자 결심했습니다. 이렇게 결심하기까지 제가 얼마나 고통스러웠는지 이루 말할 수가 없습니다. 그러나 이 고통은, 비밀을 당신이 발견했을 때의 고통과 비교할 바가 아닐 것이므로 저는 모든 것을 고백하지 않고서는 견딜 수 없어졌습니다. 물론 부모님은 대단히 반대하셨습니다. 하지만 제가 결단코 듣지 않았기 때문에 결국에는 어쩔 수 없이 동의하셨습니다. 지금부터 저는 제가 저지르려 했던 대죄를 깨끗이 자백하겠습니다. 이것은 당신이 상상할 수도 없는 것이며, 분명 당신은 매우 놀랄 것이며, 동시에 한없는 분노를 터트리게 될 것입니다. 그러나 저는 위태위태한 벼랑 끝에서 대죄를 범하지 않을 수 있었습니다. 그게 그나마 저의 위안이기도 하고, 또한 비교적 가벼운 마음으로 당신에게 사죄할 수 있게도 합니다.

묘한 인연으로 당신에게 시집가서 신혼 하룻밤을 보낸 다음 날 친정으로 돌아오고 나서 그대로 당신 곁으로 돌아가지 못했던 제 행동에 당신은 필시 화가 나셨을 겁니다. 당신을 연모하면 할수록 오히려 마음이 더 아팠습니다. 그리운 당신의 모습은 제 마음 깊숙이 새겨져 있고 그러면 그럴수록 저를 아름다운 꿈속으로 이끌어가지만, 제 비밀을 떠올리면 홀연 그 꿈에서 깨어납니다.

생각해 보면 결혼 전에, 왜, 모든 사정을 중매인

에게 밝히지 않았는지, 이제 와서 후회하고 또 후회하지 않을 수 없습니다. 설사 부모님께서 무슨 생각을 가지셨더라도 저만 용기를 내었더라면 이렇게 안타까운 비애 속에 잠겨 있지 않아도 되었을 것을, 거듭해서 제 여린 마음을 원망하지 않을 수 없습니다. 제 여린 마음이 당신에게까지 깊은 재앙을 미쳤을 거라 생각하면 정말 쥐구멍에라도 숨어들고 싶은 심정이 됩니다. 부모님을 원망한다는 것은 부질없는 일입니다만, 모든 것을 비밀로 하라는 부모님의 권유에 저도 모르게 주눅이 들어 고개를 끄덕인 것도 사실입니다. 그러나 다시 없을 인연에 기쁨에 겨워 비밀로 할 것을 강요한 부모님의 마음도 동정하지 않는 것은 아닙니다. 정말 제 비밀은 제가 만약 대담하게 행동했더라면 어쩌면 당분간은 들키지 않고 지낼 수 있었을 겁니다. 그러다가 우리 사이에는 사랑스러운 아이가 생겼을지도 모르고, 가령 그 비밀이 폭로되더라도 반드시 당신은 저를 용서해 주시겠죠. 실제로 그렇게 생각했기에 마음속으로는 죄송하다고, 죄송하다고, 생각하면서도 선까지 보게 되었고, 그 후로 일이 급하게 진행되어 조급하게 결혼 준비에 쫓기다가, 그대로 질질 끌려가듯이 드디어 결혼식까지 올리게 되었습니다.

이렇게 말씀드려도 필시 당신은 제 비밀이 무엇인지 짐작하지 못할 겁니다. 혹은 결혼 전에 제가 다른 남자와 관계를 가진 게 아닐까 하는 상상을 하실지도 모르지만, 제 비밀은 전혀 그런 것과는 성질을 달리하는 것입니다. 그것은… 아아, 이렇게 막상 고백하고자 결심하고서도 다시 펜이 나아가질 않습니다만, 큰맘 먹고 말씀드리겠습니다… 실은 저는 오른쪽 눈의 빛을 잃은, 온전치 못한 자입니다, 라고 말씀드리면 얼마나 놀라실 것인지, 그리고 얼마나 화를 내실지. 하지만 부디 이 편지를 끝까지 읽어 주십시오. 불구의 몸이지만 선천적으로 불구는 아니며, 재작년 겨울 갑자기 망막염을 앓고 빛을 잃게 되었습니다. 그러나 망막염으로 인한 것이라 외견상으로는 건강한 눈과 전혀 다를 바가 없습니다. 그래서 중매인은 물론 맞선을 볼 때도 당신이 알아채지 못한 것입니다. 아, 그때 맞선을 볼 때의 공포, 재판관 앞에 나선 죄인의 심정도 이 정도는 아닐 거라고 저는 생각합니다. 원래 당신은 굉장한 근시안이고 안경을 쓰고 있어도 보통 사람처럼 보이지는 않는다고 하니 몰라보셨다 해도 무리는 아니겠지만, 그것이 전문의라 해도 한번 슬쩍 본 것만으로는 알아챌 수 없을 정도이니, 부모님도 저의 결함을 충분히 숨길 수 있다고 주장하셨고 저도 부모님을 기쁘게 해드리겠다는 생각에 모진 마음을 먹고 비밀을 감춘 채 시집을 가고자 했던 것입니다.

 실제로 결혼 당일까지 저는 자신의 죄를 그다지 깊다고는 생각지 않고 살았습니다. 그런데 결혼 당일 아침, 생각지도 못한 월경이 시작되었을 때는 정말이지 전율을 금할 수가 없었습니다. 예정일보다 열흘이나 빨리 시작된 것이라 어떻게 안 놀랄 수 있겠습니까. 원래 이런 예가 세상에 많다고는 하지만 흠이 있는 몸을 가진 저에게는 신으로부터의 경고로밖에는 생각되지 않았습니다. 저는 그때 정말 두려워져서 부모님께 아무쪼록 저의 비밀을 상대방에게 밝혀 결혼을 그만두게 해 달라고 눈물로 빌어

보았으나, 이제 와서 어쩌겠냐는 이유도 안 되는 이유로 부모님은 억지로 저를 잡아끌었던 것입니다. 자동차에 실려 가던 도중, 당신 댁에서 식을 올릴 때, 그리고 피로연 자리에 참석하는 사이, 저는 그저 무서운 꿈을 꾸고 있는 듯한 심정이었으나, 다행히 근시안이셨던 당신에게는 저의 좋지 않은 안색도 큰 의심을 사지 않았던 것 같습니다.

부모님도 다소 허둥지둥하는 모습이었고 중매인에게 월경에 대해서 전한 것은 피로연도 거의 끝나갈 무렵이었습니다. 손님들은 상당히 술에 취해 기분 좋게 그 자리를 즐기고 있었으나 저는 두려움과 고통, 부끄러움 같은 것들로, 전혀 다른 세상에 있는 것만 같았습니다. 그러다가 드디어 두 사람만 있게 되었을 때도, 저에게는 저 부드러운 이불요가, 이른바 바늘방석이었습니다. 그나마 그날 아침 불쑥 찾아온 월경 덕분에 피할 수 있어서 다행이었지만, 만약 그렇지 않았다면…이라는 생각에, 한숨도 눈을 붙일 수 없었습니다. 만약 아이가 생겨서 제 두려운 눈의 질환이 유전된다면 얼마나 불행하겠습니까. 당신을 속인 죄가 아무런 잘못도 없는 아이에게 되돌아온다면 얼마나 고통스럽겠습니까. 그런 생각을 하면서 뜬눈으로 밤을 새우며 결국에는 눈물까지 흘리는 저에게 당신도 신경이 쓰였는지 왜 우느냐고 물으셨죠. 그러나 그 상황에서 진실을 어떻게 말씀드릴 수 있었겠습니까. 게다가 저는 당신의 입맞춤까지도 거부했습니다. 당신은 드디어 화를 내셨지만 저는 정말 어쩔 도리가 없었습니다. 가령 당신이 저와 같은 망막염이고 제가 그것을 눈치채지 못하고 결혼 당일 밤에 그 사실을 말씀해 주셨다면 아마도 저는 정신이 이상해지거나 그렇지 않으면 너무나 슬프고 분노스러워서 당신을… 아니요, 무슨 짓을 했을지 알 수 없습니다. 그런 생각에 저는 차마 밝힐 수 없었던 겁니다. 하지만 저는 직접 밝히지 않았어도 당장이라도 당신이 제 비밀을 알아차리지 않을까 하는 생각에 조마조마해서 때때로 눈물을 훔치며 보이지 않는 눈을 숨기려고 했는데, 무슨 까닭인지 당신은 안경을 벗지도 않고 제 얼굴을 직접 바라보지도 않아서 저는 안심했더랍니다.

　이렇게 살얼음을 밟고 있는 듯한 하룻밤이 지나고 저는 도망치듯이 친정으로 돌아왔습니다. 부모님은 놀라서 저만을 꾸짖으며 한시라도 빨리 되돌아가라고 재촉했으나 저의 결심은 확고해서 바뀌지 않았습니다. 결국은 부모님도 포기하시고는 제 의사에 맡겨 주셨습니다. 그렇게 겨우 마음이 가라앉은 이제야 이 편지를 쓰게 되었습니다. 이 편지를 읽고 계신 당신은 처음으로 그날 밤 제가 당신을 화나게 한 이유를 알게 되셨고 제 마음을 동정하시리라 생각합니다. 물론 제가 당신을 속인 것에 대해서는 화를 내시겠지만, 다른 한편으로 말씀드리자면 당신을 계속 속이면서 불행에 빠지지 않았던 제 마음에 오히려 감사하실 거라 여겨집니다. 모든 것은 당신을 너무나 연모하기에, 당신의 행복을 바라는 마음에 취했던 제 태도이므로 만약 당신이 저를 사랑하신다면 분명 용서해 주실 거라 믿습니다.

　그러나 일단 비밀을 밝힌 이상 더는 당신 곁으로 돌아갈 수는 없게 되었습니다. 설사 제가 당신을 얼마나 연모하든, 당신이 제 모든 것을 용서해 주신다고 하더라도 불완전한 몸으로 당신 곁에서 평생을 지낸다는 것은 저에게 견딜 수 없는 일입니다. 부모님도 이제는 완전히 포기하셨습니다. 아직 중매인에게는 전하지 않았으나 그 대신 제가 이렇게 편지를 쓰는 것에 대해서는 동의해 주셨습니다. 실은 부모님은 중매인에게 직접 찾아가 밝히는 것이 대단히 거북한 듯합니다.

묘한 인연도 이것으로 일단 꿈처럼 끝나는 듯합니다. 부디 저에 대해서는 모두 잊으시고 몸 건강히 좋은 인연을 만나 행복한 생애를 보내시기를, 멀리에서나마 빌겠습니다. 아직 이런저런 드릴 말씀도 있습니다만, 쓰면 쓸수록 미련이 생겨 눈물이 날 것 같으니 이것으로 매듭을 지으려 합니다. 마지막으로 부모님께도 잘 말씀드려 주시길 바랍니다. 악필을 읽어주셔서 감사합니다.

×월 ×일

후미코

2

　그리운 T님

　이 무슨 생각지도 못한 일입니까. 저는 꿈을 꾸고 있는 것은 아닌가 싶습니다. 오늘 중매인이 오셔서 제 편지에 대한 당신의 대답을 전해 주시며, 거기에 더해 당신의 일신상 비밀도 전해 주셔서 기쁘다기보다는 오히려 깜짝 놀랐습니다. 정말로 우리는 어떤 묘한 인연 아래 태어난 것일까요. 당신도 또한 저와 같은 왼쪽 눈에 망막염을 앓아 빛을 잃었다니, 우연의 일치라 해도 지나친 우연이 아니겠습니까. 오른쪽과 왼쪽이라는 차이는 있지만, 모두 한쪽 눈이 보이지 않는 데다가 그것을 양쪽 다 비밀로 하려 했다는 것은, 이 얼마나 얄궂은 운명입니까. 닮은꼴 부부라는 말이 있지만, 이런 식으로 닮았을 줄이야 서로가 생각지도 못했던 것 같습니다. 부모님을 비롯해 저도 제 쪽의 비밀을 숨기는 데에만 정신이 팔려 그만 당신의 눈에는 신경을 쓰지 못했습니다. 설마 당신이 같은 병을 앓았다고는 상상이나 했겠습니까. 원래 중매인에게 그런 이야기를 듣지 못했고, 오늘 중매인이 와서 처음으로 양쪽의 비밀을 알게 되어 서로가 모르게 이제까지 양쪽을 속여 왔다고 하면서 쓴웃음을 지으셨습니다. 그러나 만약 이것이 서로를 속이는 희극으로 끝나지 않고 한쪽만 속인 비극으로 끝났다면 중매인의 책임은 결코 가볍지 않을 겁니다.

생각해 보면, 결혼 당일 밤 이불 위에서조차 안경을 벗지 않았던 이유가 이제야 저에게도 확실히 이해가 갑니다. 그렇게, 당신도, 저와 같이, 되도록 저에게 들키지 않으려고 노력하셨다고 생각하니 왠지 웃음이 납니다. 그때 두 사람이 깨끗이 서로에게 밝혔다면 얼마나 마음이 가벼울 수 있었겠습니까만, 지금은 안타깝기만 할 뿐입니다.

그렇다고는 해도 당신이 저와 같이 깨끗이 비밀을 밝혀 주시고 저에게 부디 돌아와 달라고 말씀해 주신 점은 당신을 연모하고 있는 저에게는 얼마나 기쁜 일인지, 또한 부끄럽다고 해야 할까요, 도저히 글로는 표현할 수가 없습니다. 부모님도 가슴을 쓸어내리며 안도하셨습니다. 그러나 중매인에게는 갑작스러운 일에 인사도 하지 못한 채, 우선 되돌려 보내고 이렇게 제가 당신의 기쁜 글에 대해서 가슴을 두근거리며 답장을 쓰고 있는 것입니다.

두 사람 모두 한쪽 눈을 잃은 불완전한 몸이라는 것은 반대로 두 사람 사이를 굳게 맺어주는 동아줄이 될지도 모릅니다. 단지 두 사람 사이에 태어날 아이를 생각하면 두려운 마음이 들지만, 반드시 불구의 몸으로 태어날 거라고는 할 수 없으므로 그렇게 걱정까지 할 일은 아닐까 합니다. 비밀을 안고 있는 동안은 그것이 작은 것이라도 걱정의 씨앗이 되었겠으나, 비밀을 밝혀 서로의 이해를 얻은 이후에는 과거의 쓸데없는 고통을 오히려 웃어버리고 싶은 마음입니다. 둘이서 두 개의 눈밖에 없다는 것은 슬픈 일이라고 하면 슬픈 일이겠지만, 둘 다 외관으로는 전혀 건강한 눈과 다를 바 없으므로 당신이 승낙하신 이상 저는 기쁘게 평생을 당신 곁에서 살아가겠습니다. 부모님은 원래 바라던 인연이었으므로 당신이 자유롭지 못한 몸이었다는 것을 알고도 동정을 할망정 불쾌하게 느끼지 않으며, 제가 돌아가는 것에 동의하셨습니다. 하물며, 이쪽에도 같은 결점이 있는 것을 당당하게 인정하자는 마음에는 눈물로 감사하고 있습니다.

　진실로 제 마음은 깨끗해졌습니다. 혼약이 성립된 이후 하루도 평화로운 날을 보낸 적이 없었던 저는 오늘 처음으로 즐거운 마음이 되었습니다. 하지만 다음 뵐 때, 제 마음은 어떨까요. 왠지 뵙게 될 것이 부끄러운 듯합니다. 하지만 저는 용기를 내어 가겠습니다. 기쁘게 당신의 팔에 안기러 가겠습니다. 그것을 생각하면 손이 떨릴 지경입니다. 부디 제 마음을 살펴 주십시오. 부모님께서도 그렇게 부탁하신답니다. 자세한 내용은 뵙고 말씀드리겠습니다. 그리운 T님.

　이라고 말씀드린다면 당신은 분명 기뻐하실 겁니다. 그러나 유감스럽게도 지금의 저에게는 조금도 그럴 마음은 없습니다. 생각해 보면 결혼식이 끝날 때까지 저도 역시 세상의 다른 신부들이 품고 있을 법한 즐거운 꿈을 마음속에 그리고 있었습니다만, 그 꿈은 피로연 때 홀연히 사라졌습니다. 친구 한 분… 이름은 말씀드리지 않겠습니다…만, 거나하게 술에 취한 나머지 제 어머니를 향해서 당신이 망막염으로 한쪽 눈밖에 보이지 않는다고 말했을 때의 어머니의 놀람을 그 무엇에 비교할 수 있었겠습니까. 저도 그 말을 들었을 때, 분해서 가슴이 찢어질 것 같았으니까요. 한쪽 눈밖에 보이지 않는다는 사실보다도 그것을 숨기려 했던 마음에 화가 났습니다. 이 얼마나 무서운 마음입니까. 우리는 중매인도 원망했습니다. 물론 중매인도 알지 못했겠지만, 그렇다고 해도 너무 심하지 않습니까? 정말 이 원망은 평생 잊지 않기로 각오했습니다. 그러나 이 경우, 일을 복잡하게 만드는 것은 좋은 일이 아니라는 생각에, 그리고 친구 분의 말씀이 과연 진실인지 알 수 없었기 때문에 저는 그것을 확인하겠다고 마음 먹었습니다. 먼저 부모님이 중매인에게 그날 아침부터 월경이 시작되었다고 거짓으로 당신에게 알리도록 한 후, 이불 위에서 저는 당신의 눈을 관찰하려고 했습니다. 그렇지만 용의주도한 당신은 안경을 벗지 않았고 저는 분한 마음에 눈물이 나서 관찰할 상황이 아니었습니다. 정말, 외관상으로는 건강한 눈과 다를 바가 없는 것이 망막염이라는 병이라고 하니까, 가령 마음을 진정시켜 관찰했다고 해도 문외한이 알아챌 수 있을 리가 없습니다. 하지만 저는 당신의 입맞춤을 결단코 거부하여 당신을 위해서 정절도 깨지 않았던 일에 대해서는 자랑스럽게 여깁니다. 친정으로 돌아와서도 물론 진위가 어떤지 알 수 없었기에, 당신 자신의 입을 통해 자백을 듣겠다는 생각에서 지난 편지와 같은 글을 써 보낸 것입니다. 저 자신은 망막염에 걸린 적도 없고 두 눈도 멀쩡히 잘 보입니다. 그러나 그런 허위의 편지라도 쓰지 않았다면 도저히 당신 같은 비겁한 인물을 자백시킬 수 없을 것 같았습니다. 과연 제 계획은 성공했습니다. 당신은 멋지게 제 함정에 걸려 불완전한 몸이라는 것을 자백한 것입니다.

그리고 우리는 당신에게 속았다는 것을 확실히 알게 되었습니다. 만약 당신이 혼담이 있었던 처음부터 밝혀 주셨다면, 어쩌면 저는 기쁘게 시집을 갔을지도 모릅니다. 그러나 지금은 그저 당신의 마음을 증오할 뿐입니다. 당신의 마음을 증오하는 동시에 결혼을 유희시하려고 하는 일반 남성의 마음을 증오합니다. 이렇게 또한 저는 일본의 현대 결혼 습관까지도 증오합니다. 당신 정도로 극단적인 기만은 아니더라도 결혼과 허위가 쉽게 떨어지지 않는 관계에 있다는 것은 실제로 저주할 만한 현상이라고 생각합니다.

제가 드릴 말씀은 거의 밝혔습니다. 그럼 이것으로 헤어지기로 하죠. 영원히.

×월 ×일

후미코

초판 『신청년』 1926년 4월호

세노오 아키오(1892-1962)

일본의 번역가, 탐정소설가, 와세다대학교 영문과 졸업 후 1922년 8월 『신청년』에 R. 오스틴 프리먼의 「수수께끼 범인」을 번역 연재한 이후 스테이시 어머니아, L.J 비이스톤, B. 오스틴 등의 단편을 번역하여 추리소설 번역의 제1인자로 활약한다. 창작 작품으로는 「얼어붙은 아라베스크」, 「혼모쿠의 비너스」, 「심야의 음악 장례」 등을 남겼다.

7.
얼어붙은 아라베스크

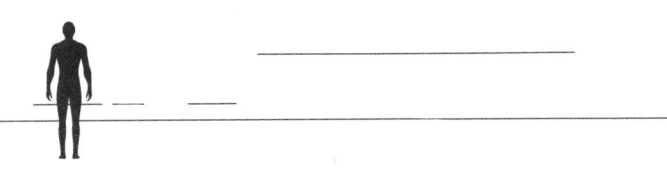

1

 차가운 바람이 부는 황혼 무렵이었다. 가쓰코는 유락초 역의 높은 돌계단을 내려와 서른이 채 안 된 나이의, 안정된 직업을 가진 여성의 당당한 발걸음으로 번잡한 자동차들 사이를 빠져나와 긴자 쪽으로 걸음을 재촉했다.

 가쓰코는 도쿄 교외에 살고 있기는 하지만 긴자에는 1년에 한 번이나 두 번 정도밖에는 오지 않는다. 교외 하숙에서 매일 체조 교사로서 근처의 작은 여학교에 다니는 것 말고는 그다지 외출하는 일은 없었다.

 옅은 갈색빛이 감도는 피부에는 건강한 윤기가 흘렀고 몸 전체의 맵시가 좋았으며 키가 큰 그녀는 누가 보아도 미인에 가까웠으나, 그렇다고 해도 아직 가정이라는 것에 대해 생각해 본 적은 없었다.

거기에 특별히 다른 이유가 있었던 것은 아니다. 그저 그녀는 결혼이라는 것을, 그다지 즐거운 것으로 생각하지 않을 뿐이다. 대부분의 세상 사람들은 모두 적당하게 결혼해서 어쨌든 겉모습만으로는 즐거워 보여도 직접 들여다보면 각각 불행을 품고 있다. 그보다는 냉철한 겨울의 넓은 하늘에 떠오르는 달처럼 — 이렇게 달에 자신을 비유할 때 그녀는 언제나 눈물을 글썽일 정도로 정화된 기분이 되었다 — 자유롭게, 순결하게 살고 싶다. 그녀는 고독을 좋아했다. 게다가 그녀에게는 일이라는 것이 있다. 그녀는 모든 사랑을 학생들에게 쏟아붓고 있다. 실제 아직 이들 학생을 사랑하지 않고는 견딜 수 없을 정도로 사랑스러웠다. 그 작은 학교가 그녀가 사는 세상의 전부였다. 매일 학생들의 편의를 봐주고, 운동회, 시험, 교우회, 소풍, 학부모회, 학교 대항 체육대회, 수학여행, 강습, 거기에다 자신을 위한 수양, 여교사로서의 생활도 꽤 바쁘다. 그래서 산책 겸 긴자로 쇼핑을 나오는 일은 그녀에게 있어 드문 일이었다.

가쓰코는 스키야 다리를 건너, 연이어 달리는 대여섯 대의 자동차를 멈춰 서서 기다리다가 전찻길을 빠져나와 매끈한 인도 위를 조용히, 긴자 쪽으로 걷기 시작했다.

그때 앞쪽에서 검은 외투에 회색 비단 목도리를 두른 한 명의 신사가 다가와서 뚫어지게 그녀를 보면서 스쳐 지나갔다. 그 남자의 홀쭉하고 긴 얼굴은 핏기가 없어 종잇장 같이 하얗고, 짙은 눈썹 밑의 날카로운 눈에서는 기분 나쁠 정도로 빛이 났으며, 아름답다기보다는 오히려 도드라진 얼굴 생김새에서 그녀는 순간적이기는 했으나 묘한 인상을 받았다.

아직 해가 지지 않았는데 화려한 긴자의 점포들에는 불이 들어와 있었고, 들떠서 걸어다니는 사람들의 얼굴도 어딘지 명랑했다.

가쓰코는 따뜻한 백화점에 들어가 누구나 그렇듯이 잠시 신기한 듯이 목적도 없이 거닐다가 겨우 털실을 진열해 놓은 가게를 발견하고는 거기에서 플라이서의 하얀색 털실을 1파운드(약 450g)하고 반을 샀다. 그리고 중요한 물건을 살 때는 언제나 반드시 가져오는 보랏빛 모슬린 보자기를 꺼내 싼 후에 목적을 달성한 희미한 만족을 느끼며 엘리베이터 쪽으로 걸어갔다.

하행 엘리베이터를 기다리는 사이, 거기에 있었던 커다란 거울 앞에 서서 따뜻해 보이는 옅은 노란색의 코트와 비슷한 계열의 녹색 목도리에 감겨 있는 자신의 모습을 비춰 보았다. 조명빛의 상태 탓인지, 머리 모양 때문인지 알 수 없으나, 평소보다 자신이 아름답게 보여서 살짝 으쓱한 기분이었다.

그러나 그때 그녀와 같은 거울에 조금 전 다리 옆에서 스쳐 지나간 남자가 비친 것을 보고 가슴이 철렁했다. 게다가 남자는 약간 떨어진 곳에 서서 그녀의 뒷모습을 보고 있는 듯했고 밝은 전등 불빛을 받은 얼굴이 무서울 정도로 하얬다.

그녀는 뒤돌아보지도 않고 거울 곁을 떠나려고 서둘러 한 무리의 사람들과 엘리베이터에 올라 아래층으로 내려갔다.

거리로 나오자 완전히 날이 저물어 이따금 불어

오는 바람이 오싹하게 몸으로 파고들었다.

그녀는 보자기 꾸러미를 옆구리에 끼고 서둘러 걸으면서 거울에 비친 남자를 저도 모르게 떠올렸다. 도중에 만났다가 다시 되돌아 자기와 같은 가게로 들어왔든지, 혹은 자기 뒤를 쫓아왔을지도 모른다. 만약 그렇다면 무엇 때문일까.

밝은 전등이 밝혀진 진열대를 보는 체하며 그녀는 슬쩍 뒤를 돌아보았다.

그러자 그녀의 상상대로 약 10미터 떨어진 곳을 걷고 있는 그 남자의 모습이 보이자 깜짝 놀라 가슴이 요동쳤다. 서둘러 방향을 바꿔 지금까지보다 발걸음을 재촉해 걷기 시작했다.

그리고 오와리초의 모퉁이를 돌아 일직선으로 유락초 정거장 쪽을 향했다.

이제 그녀는 검은 외투의 남자가 자신의 뒤를 쫓고 있다는 것을 의심하지 않았다. 그러나 무슨 목적으로 뒤를 쫓아오는 것일까. 도대체 그는 누구일까. 소매치기로도 보이지 않았고 불량 청년으로도 보이지 않았다. 그렇다고 지금까지 어딘가에서 만난 듯한 기억도 없었다. 나이는 서른에서 마흔 사이의 어디겠지만 확실한 판단은 불가능했다. 가쓰코는 다시 한번 뒤돌아볼까도 생각해 봤으나 그 남자의 시선과 부딪치는 것이 싫어서 뒤돌아보지 않고 걸었다.

그러나 다리를 건너 정거장 앞까지 가자 드디어 남자가 따라잡아, 조심스레 모자를 벗고는,

"실례지만 잠시 대화를 나누고 싶은데요"라고 말을 걸어왔다.

가쓰코는 남자의 태도가 의외로 정중해서 살짝 안도하고 멈춰 서서 찬찬히 그의 얼굴을 지켜보았다. 날카로운 감수성을 드러내는 듯 높고 반듯한 코, 죽은 사람처럼 창백한 피부색, 촉촉하게 빛나는 눈동자에는 주눅이 든 듯하면서도 비상하게 빛나는 정신력이 엿보여 누구든 한번 보면 잊지 못할 얼굴이었다.

"당신은 누구죠?"

이렇게 가쓰코가 물었다.

그러자 남자는 어떻게 말을 꺼내야 할지 모르겠

다는 듯이 주저하며 잠시 침묵을 지키다가 침착하지 못하고 흠칫거리는 모양으로 대답했다.

"저는 미야지 긴조라고 하는 사람입니다. 처음 만났는데 소개도 없이 불러 세운 것은 실례인지 모르지만 놀라실 만한 이야기가 있습니다."

그는 쭈뼛거리기는 했으나 거의 애원조라고 해야 할 정도로 열심이었고, 숨소리가 거친 것을 보아도 이제부터 하려는 얘기가 뭔지 대단한 이야기라는 것은 알 수 있었다.

그리고 이상하게도 가쓰코는 상대방이 허둥거리는 모습을 보고 있자니 오히려 그에 반비례하여 자기 마음은 진정되는 것을 깨달았고, 단순한 호기심 말고도 연민과 동정마저도 일었다.

"뭐죠, 그렇게 놀랄 만한 이야기라는 게?"

"한마디로는 할 수 없습니다."

"뭔데요?"

"순서대로 이야기하지 않으면 이해할 수 없습니다. 추우니까 걸읍시다. 걸으면서 이야기할 테니 공원 쪽으로 갑시다."

가쓰코는 이 광인 같은 남자와 헤어져 빨리 정거장으로 돌아가고 싶기도 했으나, 왠지 놀랄 만한 이야기라는 게 신경 쓰이기도 해서 주저하면서도 그와 나란히 공원을 향해 걸어갔다.

잠시 두 사람은 아무 말도 하지 않았다.

먼저 갑갑한 침묵을 깬 것은 가쓰코였다.

"놀랄 만한 이야기라는 게 뭐죠?"

"나는 미야지 긴조라고 합니다"라고 남자는 두 번째 자기 이름을 반복해서 소개하고 "친구와 둘이서 교외에 미야지 제빙소라는 작은 공장을 운영하는 사람입니다. 최근 들어 장사 쪽은 친구에게 맡긴 채, 저는 하루를 대부분 산책하며 보내고 있습니다."

"산책?"

귀를 의심하는 듯 가쓰코가 되물었다.

"네에, 산책하며 보내고 있습니다."

"왜요?"

"아무 생각도 없이 거리를 어슬렁어슬렁 걸으면서 스쳐 지나가는 사람의 얼굴을 보는 게 제 즐거

움입니다. 저는 그림을 감상하는 것보다 골동품을 끌어모으는 것보다 여러 사람의 얼굴을 보며 걷는 것을 좋아합니다."

"어머!"

놀란 듯한 소리를 낸 후 그녀는 쿡쿡 웃었다.

그러나 남자는 그녀가 웃는 데에는 신경 쓰지 않고 주눅 든 듯한 가는 목소리로 이어갔다.

"일본인 얼굴도 나쁘지는 않지만, 정말 음영이 있어서 재미있는 것은 외국인의 얼굴입니다. 특히 백인이나 인도인의 얼굴은 아무리 봐도 질리지 않습니다. 잠깐 이야기를 돌려 보면 일본인의 얼굴은 미완성 제품입니다. 깊은 맛이 없어요. 일본인 얼굴보다 차라리 중국인의 얼굴이 재미있습니다. 적어도 일본인처럼 까칠까칠하지 않고 기름을 바른 듯 둥그스레한 맛이 있습니다. 그것은 딱 일본과 중국의 도자기 차이와 같습니다. 저는 밝은 얼굴을 좋아하지만, 항상 냉소를 띄운 교활한 얼굴은 좋아하지 않습니다. 일본인에게는 그런 부분이 잘 드러납니다. 그것보다 오히려 음습하고 쓸쓸한 얼굴 쪽이

재미 면에서는 좋다고 생각합니다."

"실례지만 저에게 용무가 있다고 한 것은 무엇인가요? 저, 빨리 돌아가고 싶은데요…"

"아니, 이게 요점으로 들어가는 전제입니다. 전제 없이는 이야기할 수 없습니다. 갑자기 요점을 얘기하면 분명 당신은 깜짝 놀라서 저를 신용하지 않을 겁니다."

이렇게 말하고 남자는 입을 닫았다.

두 사람은 어느새인가 조용한 밤 공원을 거닐고 있었다.

한참을 그렇게 걷다가 가쓰코는 혼잣말처럼 낮은 목소리로,

"알았다!"라고 중얼거렸다.

"뭘 말이죠?"

"당신은 내 얼굴에 흥미를 느끼고 그림을 그리기 위해서 모델이 되어 달라고 말씀하시려는 거죠?"

"아니요, 조금 다릅니다. 뭐, 조금만 더 참고 들어 주세요. 저는 밤 같은 때에 가만히 제 얼굴을 거울에 비춰 보는 것을 좋아합니다. 그리고 긴 시간

동안 제 얼굴을 관찰하다 보니 저는 제 운명을 예언할 수 있게 되었습니다."

"어떻게요?"

"예언이라고 하면 좀 거창하지만 어쨌든 제 얼굴색이나 눈매에 나타난, 입으로는 말할 수 없는 섬세한 느낌으로, 먼 미래의 일까지는 알 수 없지만, 2, 3일 후의 운명 정도는 어떻게든 읽을 수 있게 되었습니다. 저는 동양의 주역이나 인상학, 서양의 골상학, 수상학도 얼추 연구해 보았으나, 그런 것들로부터는 아무것도 얻을 수 없었습니다. 제 방법은 사람 얼굴을 슬쩍 보았을 때의 느낌, 그 느낌에서 여러 가지를 단적으로 직감하는 것입니다. 게다가 그것이 매우 잘 들어맞습니다. 그리고 저는 매일 많은 사람의 얼굴을 보며 돌아다니는 사이에 뜻밖에 오늘 당신의 얼굴을 보았습니다. 그때, 제 눈을 의심할 정도로 놀랐습니다."

"죽을 상이라도 나타났던가요?"

"아니요."

"그럼, 뭐죠?"

"저는 당신 얼굴을 한번 보고, 이 사람이 내 아내가 될 사람이라는 것을 알았습니다."

그러자 가쓰코가 조용한 밤공기를 뒤흔들며 갑자기 높은 목소리로 깔깔거리며 웃었다. 그리고 웃음을 그쳤을 때 이렇게 물었다.

"당신 꼭 브레이크(영국의 시인, 화가, '예언서'로 불리는 신화적 서사시집을 남김)처럼 말하네요. 제 얼굴의 어디를 보고 그런 판단을 하신 거죠?"

하지만 남자는 진지했다. 쌀쌀한 날씨인데도 이마의 땀을 닦으면서 떨리는 목소리로 말했다.

"브레이크와는 다릅니다. 그는 돌발적으로 아내를 직감했지만 제 경우에는 오늘 일이 직감도 그 어떤 것도 아닙니다. 실은 이전에 몇 번이나 당신을 본 적이 있으니까요. 오늘 밤 처음으로 보는 게 아닙니다."

"어디에서 보셨죠?"

"환영으로 보았습니다. 저에게는 꽤 오래전부터 조용한 방에서 눈을 감는 습관이 있었습니다. 제 아내의 얼굴을 보고 싶어서였습니다. 그랬더니 제 눈앞에 언제나 같은 환영이 나타났습니다. 오른쪽에 높고 검은 창고 같은 건물이 있었고 주변이 황혼 무렵처럼 어두운데 건너편 하늘은 푸르게 맑았으며, 그 하늘을 배경으로 한 사람의 여성이 서 있었습니다. 그녀는 제 쪽을 보면서 손짓하듯이 미소를 지었습니다. 저는 그 여성의 얼굴을 언제라도 확실하게 볼 수 있었습니다.

아몬드 모양의 또렷한 눈매는 어딘지 제가 어렸을 때 돌아가신 어머니의 눈과 닮았습니다. 볼에서 턱으로 이어지는 선에서 뭐라 말할 수 없는 소박한 다정함이 있습니다. 그리고 그 얼굴 전체가 당신의 얼굴과 조금도 다르지 않습니다."

그녀는 뭐라 해야 할지 알 수가 없었다. 남자가 하는 말은 상식적으로는 믿을 수 없지만, 그렇다고 그의 태도나 말투를 통해 살펴보면 아무 말이나 할 거라고는 결코 생각할 수 없었다.

그녀가 묵묵히 듣고 있으니 남자는 우쭐해서는 언제까지나 이야기를 이어갔다. 그리고 남자가 하는 말은 모두 그녀에게는 믿을 수 없을 만큼 이상스럽고 난생 처음 듣는 것뿐이었다. 게다가 너무도 황당무계한 것이어서 정확히 상대를 비판할 수도 있었다. 그런 그의 말이 엉뚱하기는 했으나 나름의 질서를 갖춘 하나의 체계가 있어서 공연히 판단을 어렵게 했다.

어차피 듣고 있다고 별반 해가 될 것은 아니라는 생각에 가쓰코는 여우에게 홀린 듯한 기분으로, 그저 멍하니 파도에 흔들리는 마음으로 상대의 말에 귀를 기울였다. 사랑의 말이라는 것은, 가령 그것이 어떤 형식으로 이야기되든 여자의 귀에는 피아노와 같은 울림이어야 한다.

주변은 조용했고, 나뭇잎이 떨어진 높은 나뭇가지 위의 전등이 습한 밤의 어둠을 비추고 있었다.

2

 그런 일이 있었던 다음날, 돌연 긴조의 행방이 묘연해졌다. 긴조의 친구이기도 하고 사업상 파트너이기도 한 구레마쓰는 짚이는 데는 닥치는 대로 모두 전화를 걸어 보았지만 소용이 없었다. 그리고 사흘째 되던 아침, 드디어 경찰의 조력을 구했다. 기모노에 일본 남성용 외투를 입은 쓰네카와 경부가 같은 복장의 순사를 한 명 데리고 미야지 제빙소를 방문한 것은 사흘째 되는 날 오후였다. 제빙소의 유일한 사무원이었던 구레마쓰는 두 사람을 사무실로 안내했으나, 마침 잡일을 돕는 노파가 외출 중이어서 직접 차를 대접하며 사회생활에 길들여진 능숙한 태도로 응대했다.

 "미야지 군의 광증이 시작된 것은 2개월 전부터였습니다. 그러다가 사흘 전에 어디론가 외출했다가 돌아오지 않았습니다. 여하튼 정신병자니까, 내버려 둘 수도 없는 일입니다. 너무 걱정스럽습니다."

"뭘 그렇게… 안심하세요. 제가 철저하게 조사하면 곧 찾을 수 있을 겁니다. 실례지만 당신은?"

"저는 구레마쓰라고 하는데, 미야지 군과는 옛날부터 친구이며 지금까지 둘이서 이 공장을 경영해 왔습니다."

"미야지씨의 경력은?"

"부모님은 막대한 자산을 남기고 일찍 돌아가셔서 미야지 군은 중학교를 졸업하고 삼촌과 상의한 끝에 미국에 가서 시카고 대학에서 제빙술을 연구한 후 일본으로 돌아와 저와 함께 이 공장을 세웠습니다. 이 공장을 세운 지 올해로 5년이 됩니다."

"정신병자라는 징후는?"

"미야지 군이 발광한 것은 제빙에 너무 열중해서라고 생각됩니다. 그의 열정은 점점 더 격렬해졌고, 특히 최근 두 달 동안은 너무나도 열정적이어서 옆에서 보고 있을 수 없을 정도였습니다. 얼음 앞에 선 미야지 군은 마치 보석 앞에 선 보석상 같았습니다. 또한, 실제로 미야지 군은 얼음을 보석이라고 생각하고 있는 듯했고, 광선을 받아 기묘한 빛을 발하는 복잡한 각도를 지닌 여러 종류의 얼음을 만드는 것을 즐겼습니다. 한 시간은 물론 두 시간도 얼음 앞에 서서 아무 말 없이 바라보고만 있는 일이 자주 있었습니다. 게다가 신경이 매우 예민해져서 공장에서 일하는 남자가 톱으로 얼음을 자르고 있었는데, 그 소리를 듣고는 자기 몸이 톱으로 잘리는 것 같다며 급하게 도망친 일이 있었을 정도입니다. 전에는 저와 함께 이 사무실에서 사무를 보는 일도 많았는데 최근에는 오전 중에는 공장에서 얼음을 두드리다가 오후가 되면 매일 같이 산책을 하며 거리를 어슬렁어슬렁 걸어 다녔습니다."

대략의 이야기를 듣고 경부와 순사는 구레마쓰의 안내를 받아 건물 안을 돌아보았다. 건물은 좁은 사무실, 큰 공장, 긴조의 방, 긴조의 수발을 드는 노파의 방, 부엌, 욕실의 여섯 곳으로 나뉘어 있었다. 구레마쓰는 낮 동안만 일했고 자택에서 통근했다.

세 사람은 먼저 사무실에서 시작해 욕실, 부엌, 노파의 방, 공장, 긴조의 방 순으로 돌아보았다.

넓은 공장에는 직경 2미터 가까이 되는 바퀴가 소리 없이 회전하고 있었고 긴 벨트가 대단한 기세로 미끄러져 들어가는 와중에 몇 명의 남자가 한눈도 팔지 않고 일하고 있었다.

그러나 경부에게 가장 흥미로웠던 것은 긴조의 방이었다. 대체로 이 건물은 교외에 세워진 공장 따위가 거의 그렇듯, 변변치 않은 물막이 판자를 댄, 그다지 훌륭하다고 할 수 없는 건물이었으나 그 중 긴조의 방만은 마치 별세계인 듯 훌륭하게 장식되어 있었다. 넓이는 겨우 7, 8평 정도였으나 벽과 천장에는 전체가 녹색 계열의 질 좋은 벽지가 발라져 있었고, 그 벽 한쪽의 벽장처럼 움푹 팬 곳에 두꺼운 직물 커튼을 걸어 그 안에 사치스러운 침대를 만들어 놓고, 바닥에는 걸어 다녀도 소리가 나지 않는 두꺼운 녹색 융단을 깔아 방 전체가 검은 계열의 짙은 녹색으로 통일되어 있었다. 북쪽을 향해 있는 두 개의 창문에 걸린 커튼까지 같은 색이어서 낮에도 방안이 어둑어둑해서 음침하게 느껴졌다. 가구는 양쪽 서랍이 달린 대형 책상, 편안해 보이는 스프링이 달린 소파와 두 개의 안락의자, 서양식 옷장과 화장대, 원탁 테이블과 책장을 두어 침실 겸 거실로 편하게 쓸 수 있는 방으로, 모퉁이 쪽에는 가스난로도 설치되어 있었다.

그리고 기묘한 것은 벽에 걸린 몇 개의 액자였다. 이것이나 저것이나 모두 얼음 그림으로 그중에서도 태양 빛을 받아 눈부시게 번쩍번쩍 빛나는 북극의 빙산을 그린 커다란 사진과 안데르센 이야기 중에서 청년 루디가 스위스의 호수에서 익사해서 물속에 가라앉은 것을 얼음의 요정이 입맞춤하고 있는 그림 등은 특히 독특했다.

경부와 순사가 얼추 긴조의 방 장식을 다 돌아봤을 무렵 구레마쓰는 긴조의 책상 서랍에서 몇 장의 사진을 꺼내어,

"여기 해저 사진 같은 것이 있지 않습니까? 새끼 돌돔이 일렬로 헤엄치고 있고, 아래쪽에서 가늘고 긴 해초가 뱀처럼 몸부림치고 있습니다. 그러나 이

것은 해저 사진이 아닐 뿐더러 수조의 사진도 아닙니다. 잘 보면 해조의 나울거리는 모습에 일종의 기하학적 리듬이 있어서 장식적으로 도안되었다는 것을 알 수 있습니다. 이것은 장식용 고드름 사진입니다."

"그렇군요."

"그리고 이것은 사진으로는 잘 알 수 없지만, 이 점과 같은 것이 모두 여러 종류의 색입니다. 무지개의 7색을 배열한 것입니다. 미야지 군은 이 색채 배열을 생각해내려고 거의 일주일 동안 식사하는 것도 잊을 정도로 머리를 쥐어뜯었더랍니다. 그가 심한 신경쇠약을 앓기 시작한 것은 이 고드름을 만들었을 무렵부터입니다."

세 사람은 책상 서랍을 하나하나 열어서 그 안에서 편지나 잡다한 서류를 꺼내어 조사해 보았으나 긴조의 행방을 추측할 수 있는 단서가 될 만한 것은 아무것도 없었다. 책장에는 영어와 독일어 서적으로 가득했는데 그것 모두가 얼음과 관계된 문학과 과학 서적이었다는 사실은 말할 필요도 없을 것이다.

책장 조사를 마치자 경부는 짧게 면도한 콧수염 주변을 오른손으로 만지면서,

"방은 이제 더는 없습니까?"

"네에, 사무실과 공장, 시중 드는 노파의 방과 부엌, 욕실, 그리고 이 방, 모두 보셨습니다."

그러자 경부가 의아하다는 듯한 얼굴로 낮고도 무게 있는 목소리로 "그거 이상하네요!"라고 말했다.

지금까지 줄곧 쾌활한 미소를 띠고 있던 구레마쓰는 갑자기 심각한 표정으로 변해, 반쯤은 머리칼이 빠진 경부의 넓은 이마와 살짝 음울하고 위엄 있는 눈을 뚫어지게 바라보았다.

"왜요?"

그러나 경부는 이 물음에는 답하지 않고 말없이 생각에 잠겨 있다가 이윽고 제2의 질문을 던졌다.

"이 집에는 지금은 아무 데도 전등을 쓰고 있지 않죠?"

"낮에는 전등을 켜지 않습니다."

"전선에서 전해지는 전력은 어디에도 사용하지 않는 거죠?"

라고 말하고 경부는 다짐을 구하듯 구레마쓰의 얼굴을 보았다.

"네에."

"그거 정말 이상한 일이야! 잠깐 이쪽으로 와 보세요."

경부는 두 사람을 이끌고 부엌으로 가서 거기에 있던 찬장 위 벽에 설치된 전등의 계량기를 가리켰다.

"잘 보세요. 저 계량기의 바늘이 움직이고 있어요."

그 말을 듣고 두 사람이 눈을 가늘게 뜨고 올려보자 어두워서 잘 보이지 않았으나 정말 계량기 안의 하얀 바늘이 축음기의 레코드와 같이 쉬지 않고 빙빙 회전하고 있었다.

3

 잠시 계량기를 올려보던 구레마쓰는 휴하고 긴 한숨을 내쉬며 경부를 돌아보며 의아스럽다는 듯 눈살을 찌푸리며 말했다.

 "정말 이상한 일이네요! 계량기가 움직이고 있다고 한다면 어딘가에서 전기가 쓰이고 있다는 얘긴데…"

 그러자 지금까지 묵묵히 있던 순사가 옆에서 입을 열었다.

 "계량기와 연결된 전선을 조사해 보면 알 수 있어요. 제가 천장에 올라가서 전선을 조사해 볼까요?"

 "그렇지만"이라고 구레마쓰는 생각에 골몰하여 침착한 목소리로 "이런 행동은 미야지 군의 행방과는 아무런 관계도 없는 일입니다. 일부러 천장에 올라가지 않아도 될 것 같아요."

경부는 씨익 웃으며 엄중한 목소리로 말했다.

"천장에는 올라가지 않아도 돼. 실은 아까 계량기가 움직이는데 모든 방에 전등이 켜져 있지 않아서 어딘가 이상하다는 생각에 좀전 그 방의 융단을 살짝 들춰 보았습니다. 그랬더니 분명 바닥 위에 전선 한 줄이 들어와 있었습니다. 이쪽으로 와 보세요."

세 사람이 다시 긴조의 방으로 들어가자 경부가 웅크리고 방 모퉁이 쪽 융단을 들췄다. 그러자 두꺼운 마룻바닥 위에 검은 전선 한 줄이 늘어져 있는 것이 보였다. 순사와 구레마쓰는 아까 경부가 융단을 들추는 것을 보지 않은 것은 아니었으나, 경부가 "이건 멋진 융단이지 않나"라고 하는 말을 들었기에 바닥을 조사했다고는 생각지도 못했다.

경부는 몸을 일으켜 손수건으로 손을 닦으면서,

"이 방에는 천장에서 이어진 전등이 하나, 저 책상 위의 램프가 하나, 이렇게 두 개의 전등이 있습니다. 그러나 이 전선이 천장의 전등과는 연결되지 않았다는 것은 확실하며 또한 조사해 봐야 알겠지만, 아마 책상 위에 놓인 어떤 전등과도 연결되지 않았을 겁니다."

보라색 우산이 걸린 책상 위의 전등 코드를 조사하는 것은 시간이 걸리지 않았다. 책상에서 밑으로 이어진 코드는 바로 옆의 벽 쪽에 있는 소켓과 이어져 있을 뿐 바닥 위로는 연결되어 있지 않았다.

"자, 바닥 위 전선의 행방을 조사해 볼까요."

라고 말하면서 경부가 책상 부근에서 원래 있던 곳으로 돌아가니, 구레마쓰와 순사는 방해가 되는 서양식 옷장을 살짝 옆으로 밀어 놓았다.

그리고 세 사람이 무거운 융단 끝을 넓게 젖혀 보니 벽 밑에서 나온 검은 전선은 60cm 정도 바닥 위를 비스듬하게 들어와서 바닥 판자 틈 안으로 들어가 있었다.

바닥 판자 틈을 주머니칼과 주방 칼 등으로 긁어 보니 두께 6cm 정도 되는 무거운 판자가 겨우 들어 올려졌다. 자세히 보니 들어 올려진 3장의 판자에는 안쪽에서 횡목을 두 자루 박아서 3장이 1장인 듯 함께 움직이게 되어 있었고, 바닥과 판자가 이어진 안쪽에는 튼튼한 경첩까지 달려 있었다.

그들은 아래쪽을 살펴보았다.

그곳에는 새까만 구멍이 입을 벌리고 있었다.

자세히 보니 폭이 90cm 정도 되는 콘크리트 계단이 아래로 이어져 있는 듯했다.

경부는 조심스럽게 그 계단을 내려가기 시작했다.

순사와 구레마쓰도 뒤를 따랐다.

그들은 주위가 어두워 때때로 양쪽의 차가운 벽을 손으로 더듬어가면서 조용히 한 발씩 내디디며 계단을 내려갔다.

그러나 밑으로 내려가면 갈수록 흙냄새 섞인 눅눅한 공기가 코를 자극했고 더불어 온도까지 점점 낮아져 추위가 뼛속까지 사무쳤다.

그리고 긴 계단의 가장 아래까지 내려갔을 때, 그들은 극도의 흥분과 추위 때문에 부들부들 떨기 시작했고, 왜 그래야 했는지 확실한 이유도 없는데 알 수 없는 막연한 공포심에 사로잡혀 발소리조차

내지 못했다. 그저 묵묵히 칠흑같이 짙은 어둠 속에 서서 잠시 귀를 기울였다.

이윽고 경부가 조용히 주머니에서 성냥을 꺼내 불을 켰으나 그 불빛은 금방 깊은 어둠 속으로 빨려 들어가 아주 잠깐 사이에 세 명의 얼굴이 흐릿하게 부유하고 있는 모습을 확인시켰을 뿐이다.

얼마를 그렇게 있다가 세 사람은 한 덩어리가 되어 한쪽 벽을 더듬거리며 걷기 시작했다. 계단 위치나 걸어가는 방향을 통해 판단해 보면 딱 여기가 공장 바로 밑 부근에 해당하는 듯했다. 공장에서 몇 줄기 철관이라도 밑으로 흐르는 듯 손발이 얼어붙을 정도로 시렸다.

계단을 내려가 대략 5m 정도 나아갔나 싶을 무렵, 그들은 벽과 같은 것에 툭 부딪혀 진로가 막혔다. 살펴보니 그것은 문인 듯했다.

경부는 다시 성냥불을 켜려고 한 손을 주머니에 넣었으나 깊은 침묵을 깨는 것이 두려워진 듯 그만두고, 조심스레 두 손으로 문을 살폈다. 불안한 예감과 긴장된 기대로 세 사람은 모두 격렬하게 가슴을 두근거렸고 추위 때문에 이가 덜덜 떨렸다.

이윽고 경부가 손잡이를 찾아내어 손으로 꽉 잡아 조용히 오른쪽으로 돌리자 문은 소리도 없이 뒤쪽으로 열렸다.

그 순간 그들은 엉겁결에 "앗!"하는 소리를 질렀고 몸이 움츠러들었다.

문 안쪽에는 조금 떨어진 곳에 커다란 창문이 하나 있었고, 주위는 온통 모든 것을 집어삼킬 듯한 새까만 암흑인데, 그 창문만이 사각으로 구분 된 화염처럼 오렌지빛으로 빛나고 있다.

그러나 그들이 그것을 창문이라고 의식한 것은 아주 잠깐 동안이었고, 다음 순간에는 그것이 하나의 커다란 얼음덩어리라는 것과 안쪽에서 피와 같이 짙은 오렌지색의 전깃불에 비춰지고 있다는 사실을 바로 깨달았다.

그들은 서둘러 그 옆으로 다가갔다.

그리고 가까이 다가가서 보고는 다시 두 번째로,

"앗!"

하고 소리쳤고, 몸을 움츠러트렸다.

얼음 안에는 작고 하얀 꽃이 핀 온화한 화초가 높은 곳이나 낮은 곳, 그 일대에 덩굴무늬처럼 흐드러져 있었다. 그리고 그 한가운데에는 몸에 아무것도 걸치지 않은 한 명의 여성이 옆을 향해 서 있는 것이다.

그 여성은 윤곽이 뚜렷한 옆 얼굴을 보이고 있었는데, 마치 살려고 하는 듯 아몬드형의 또렷한 눈을 크게 뜨고 있었다. 흥미로운 것은 그녀의 자세였다. 그건 우아한 파브로와(발레리나)나 자유로운 던컨(무용가)을 본뜬 것도 아닌 것이, 로댕파의 근대 조각을 본뜬 것도 아닌, 그저 오른쪽을 향해 걷는 듯 다리를 가볍게 앞뒤로 벌리고 서 있었다. 오른팔은 손바닥을 편 채 팔꿈치를 직각으로 굽혀 앞으로 뻗어 있었고, 왼팔은 자연스럽게 밑으로 떨구고 있었다. 말하자면, 살포시 걸으면서 거수경례하는 것을 옆에서 본 모습인데, 그렇다고는 해도 손은 얼굴과 너무 멀리 떨어져 있어서 오히려 오른손을 높이 올리고 그것을 자기가 바라보고 있다고 하는 편이 나을 듯했다. 또한, 이집트 피라미드 안의 부조와 닮은 듯하기도 했고, 생리학에서 각 부위 설명을 위한 자세와 닮은 듯도 했는데, 평범한 수수께끼와 같은 자세가 묘하게 암시적이며 으스스한, 신비한 느낌을 뿜어내고 있었다. 그리고 여기저기 금이 간 듯 얼음의 힘줄, 무수히 작은 거품 방울, 그리고 덩굴무늬의 푸른 잎 하나하나가 강렬한 오렌지색 전등빛을 받아 미묘하고 신비한 빛을 발하고 있는 모양은 마치 세상의 모든 다이아몬드나 수정, 비취, 호박을 하나로 녹여 비등 최고점에서 냉각시켜 굳힌 듯한 아름다움이었다. 세 사람은 한동안 마비된 듯 우두커니, 놀라움과 외경과 찬미와 공포가 섞인 마음으로 그 방대하고 빛나는 얼음 보석을 바라보았다.

그리고 한참을 있다가 겨우 얼음으로부터 눈을 돌려 발밑을 보니, 거기에는 극약을 먹은 듯한 긴조가 옅은 미소까지 띤 채 바위처럼 얼어서 쓰러져 있었다. ― 결혼 만찬에라도 나갈 듯한 연미복 차림으로 ―

초판 『신청년』 1928년 1월

고가 사부로(1893-1945)

추리소설가. 본명 하루타 요시다메, 동경제국대학교 공학부 졸업. 농상무성 질소 연구소에 근무하는 한편, 코난·도일에 심취해 1923년 8월에는 셜록 홈즈 시리즈를 모방한 추리소설 「진주탑의 비밀」이 잡지 『신취미』의 공모전에서 1등으로 입상하여 탐정소설가로 데뷔한다. 이때 고향의 전설 속 용사인 '고가 사부로'를 필명으로 쓴다. 에도가와 란포가 「2전동화」로 데뷔한 것이 같은 해, 잡지 『신청년』 4월호에서였으니, 창작 추리소설의 여명기에 에도가와 란포와 함께 활약한 공로자의 한 사람이라고 할 수 있다.

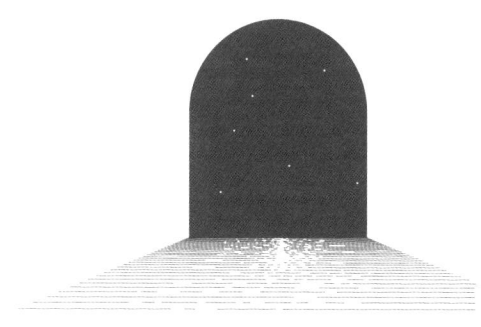

8.
덫에 걸린 사람

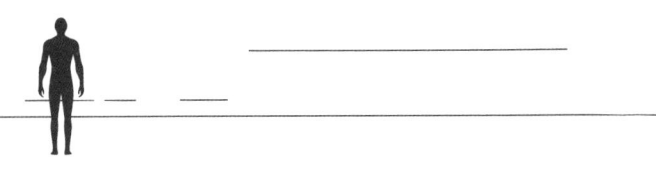

1

 벌써 10시가 훌쩍 지났는데 아내 노부코는 아직 돌아오지 않았다.
 도모키는 초조해하며 일어섰다. 비쩍 말라 앙상할 정도인 그의 얼굴은 기이하게 일그러져 있었고 고통스러운 표정이 그대로 드러나 있었다.
 어디를 아무리 돌아다녀 본들, 한해도 다 져가는 무렵, 갚지 못할 빚만 지고 있는 그에게 한 푼이라도 돈을 빌려줄 사람이 있을 리가 없다. 그것을 모르지 않는 그 자신이었다. 그래서 노부코가 홑겹의 옷차림으로 추위에 떨어가며 어떻게든 돈을 빌려보겠다고 외출한다고 했을 때, 그는 쓸데없는 일임을 설명하며 그녀를 말렸다. 그러나 노부코 입장에서 보면 사면초가와 같은 빈곤의 상황을 어떻게 해서든 벗어나야 한다는, 한 줄기 희망을 버릴 수 없는 것도 무리는 아닐 터였다. 결국 도모키는 덧없는 고생일 줄 알면서도 아내를 내보내지 않을 수 없었다. 그리고 결과는 그가 예상한 대로인 듯, 아내는 아무리 기다려도 돌아오지 않고 있다. 그녀는 굶주림과 추위에 시달리며 지친 발걸음을 절망적인 노력으로 이어가고 있음이 분명하다.

그는, 여기에서 냉랭하게 거부당하고 저기에서 매몰차게 거절당하며 터벅터벅 거리를 방황하고 있을 가련한 아내의 모습을 떠올렸으나, 그 모습은 어느새인가 여우처럼 뾰족한 얼굴을 한, 잔인 그 자체인 고리대금업자 다마시마가 낡은 가방을 옆구리에 끼고 타박타박 걷고 있는 모습으로 변했다. 도모키의 눈에는 눈물이 고였다. 그는 눈물을 떨구어 내려는 듯 눈을 감고 머리를 흔들었으나 꼭 쥔 그의 주먹은 흥분 탓인지 덜덜 떨렸다.

올봄, 그와 아내는 연달아 유행성 호흡기 질병을 앓았다. 오랫동안 실업 중이었던 도모키는 그때까지 친척이나 친구들로부터 갚지 못할 빚을 쌓아가고 있었기 때문에 어쩔 도리가 없이 다마시마에게

50엔(현재 일본 돈으로 약 3만6천 엔, 한국 돈으로 약 35만 원)이라는 돈을 빌렸다. 그때부터 도모키는 병이 제대로 낫지도 않은 몸으로 피 같은 땀을 흘려가며 몇 푼 되지 않는 돈이나마 벌게 되면 그 대부분을 다마시마에게 이자로 갚아야 했다. 그러나 빚은 줄어들기는커녕 날이 갈수록 늘기만 해서 어느새 원금과 이자가 쌓여 2백 엔 남짓이 되었다. 다마시마의 독촉은 가차없었고 연말이 다가오자 더욱 심해져서 매일처럼 소란을 피우며 찾아오는 것이었다. 도모키 부부가 입에 풀칠도 못한 게 사흘째이고, 연말을 앞두고 한 푼의 돈도 없어서 거리로 내쫓길 상황이 된 것도 결국은 모두 다마시마 때문인 것이다.

아내가 돌아오기를 기다리며 도모키의 마음은 다마시마에 대한 원망으로 가득 찼다.

차-직-하는 묘한 소리를 내며 최후의 촛불이 꺼지려 하고 있었다. 닭장보다도 못한 황폐한 방 한 켠, 무너져 내린 벽에 흔들흔들 흔들리는 불꽃이 마물과 같은 그의 검은 그림자를 늘어뜨렸다가 접어들이기를 반복하고 있었다.

다마시마를 저주하던 도모키의 가슴에 번뜩 어떤 생각이 솟구쳤다. 그는 흠칫 놀라 사방을 둘러보다가 이윽고 한 지점을 가만히 응시했다. 그의 표정이 점차 죽은 사람처럼 창백해졌다.

"으윽"

그는 고통스러운 듯 신음했다. 양쪽 관자놀이에서 실 같은 땀이 줄줄 흘러내렸다.

"으윽. 해치워 버리겠어."

그는 드디어 마지막 말을 되뇌었다. 그는 다마시마를 죽여 버리겠다고 결심한 것이다.

그는 다마시마와 맞바꿀 정도밖에 안 되는 자신의 값싼 목숨을 조소했다. 그러나 그에게 그것 이외에 살아갈 길이 없었다. 여우 같은 다마시마가 붉은 피를 흘리며 발밑에서 실룩실룩 사지를 떨며 숨이 끊어져 가는 비참한 모습을 떠올리자 조금은 유쾌해졌다. 다마시마를 죽이면 다마시마에게 고통받던 몇 명인가의 사람을 도울 수도 있는 것이 아닌가. 이런 생각도 있었다. 온갖 생각들이 드디어 그에게 다마시마를 죽일 결심을 하게 한 것이다.

이렇게 결심하고 나니 그는 아내가 돌아오기 전에 집에서 빠져나가야겠다는 생각이 들었다. 아내의 얼굴을 보면 결심이 무뎌질지도 모르고 아내에게 불필요한 고통을 주는 결과가 될 수도 있었다.

"나는 긴 세월 당신을 고생시켰다. 나는 더 이상 살아갈 방법이 없다. 나는 흡혈귀 같은 다마시마를 죽이고 자살할 것이다. 당신 한 몸이라면 어떻게든 살아갈 길이 있을 것이다. 무능력한 남편 따위는 영원히 당신의 기억에서 지워 버리고 남은 삶을 가치 있게 지내길 바라오."

이런 유서를 남길까도 생각해 보았으나 어쩐지 여느 남편이나 할 법한 진부한 방법인 것 같았고, 아내가 너무 빨리 발견해서 다마시마를 죽이지 못하게 막아서면 곤란할 것 같기도 해서 도모키는 아내에게는 아무것도 알리지 않기로 했다.

다마시마의 집에는 식솔이 살지는 않았으나 문단속은 철통같이 하는 듯했다. 소문에 따르면 밤의 경비는 한층 엄중하다고 하니 어떻게 숨어들지가 문제였다. 죽이는 방법은 더 큰 문제였다. 도모키에게는 단도는 물론 주머니칼 같은 작은 칼조차 없었다. 그런 것을 살 만한 돈 역시 없었다. 만약 그런 돈이 있었다면 그것이 단돈 몇 푼일지언정 감자라도 사서 굶주림을 견디며 다마시마를 죽이는 일 따위는 내일로 미뤄 버렸을 것이 분명했다. 도모키는 다마시마를 죽일 수 있는 흉기가 없다는 사실을 깨닫고 쓴웃음을 지을 수밖에 없었다.

촛불이 마지막에 꺼지지 않기 위해 온갖 힘을 쏟듯이 깜짝 한순간 밝아지는가 싶더니 점차 불꽃이 작아져 이내 꺼져 버렸다.

도모키는 천천히 깜깜한 방에서 나왔다.

2

 거리는 연말 특수로 밝고 활기에 넘쳤다. 진열대에는 사치스러운 물건들이 널려 있었으나 그중 어느 하나도 도모키가 한 달에 한 번도 손에 넣을 수 없는 금액이 붙어 있었다. 시간은 11시를 향해 가고 있었으나 거리는 강바람에 옷깃을 여미며 바쁜 걸음으로 오가는 사람으로 붐볐다.

 도모키는 옷차림이 약간 초라하다는 것 말고는 이런 사람들 사이에 섞여 있어도 사람들의 눈을 끌 만한 특이한 면은 없었다. 연말 분위기에 들떠서 돌아다니는 사람들에게는 다소 살기를 띤 그의 얼굴빛도 눈길을 줄 정도는 아니었다. 그의 행색이, 연말을 보내기에 마음이 바쁜 사람들과 별 다를 바 없어 보였다는 것은 그에게 다행이었다.

 그러나 그 자신은 줄곧 누군가에게 쫓기는 듯한

기분이었다. 사냥 모자를 눈썹 부근까지 눌러 쓰고 구부정한 자세로 앞으로 걸어 나아갔다.

다마시마의 집은 어스름한 골목에 있고 아무리 밤에 하는 일이 없다고는 하지만 연말 분위기와는 거리가 멀게 이미 문은 닫혀 있었고 주변은 적막하기만 했다.

도모키는 다마시마의 집이 가까워질수록 사지가 묘하게 덜덜 떨리기 시작했고 입술이 이상하게 말라왔다. 그는 어슬렁어슬렁 문 앞을 2, 3회 왕복했다.

문을 두드릴 용기는 없었다. 무슨 핑계를 대서 그와 만날 수는 있겠으나 맨손으로는 어쩔 도리가 없었다. 운 좋게 틈이 생겨 들어갈 수 있다손 쳐도 노인이기는 해도 건장해 보이는 다마시마가 도모키를 오히려 제압할지도 모른다. 어떻게든 무기를 손에 넣어 잠든 사이든, 등 뒤에서든, 어쨌든 불의의 일격을 가하지 않으면 성공할 수 있을지 알 수 없는 일이다.

도모키는 쪽문과 부엌 뒤쪽 문도 살펴봤으나 꿈

쩍도 하지 않았다. 문을 뛰어넘기에는 아직 이른 시각이다.

도모키는 뭐라 표현할 수 없는 초조와 불안을 느끼며 다마시마의 집 앞을 왔다 갔다 했다. 이따금 지나가는 사람들의 눈길에 쫓겨 큰길 쪽으로 나가기도 했다. 큰길을 한 바퀴 돌아 다시 다마시마의 집 앞으로 갔다.

밤은 점점 깊어져 추위가 한층 더 심해졌다. 그러나 숨어들 기회는 조금도 그에게 주어지지 않았다. 그렇지만 그의 용기는 쉬이 꺾이지 않았다. 그는 집요하게 목적하는 집 주변을 떠나지 않고 어슬렁거렸다.

몇 번째인지 큰길 쪽에서 다마시마의 집이 있는 어스름한 골목으로 들어섰을 때였다. 도모키의 발에 툭하고 무언가 부딪혔다. 그것을 살펴보니 작은 보자기 꾸러미였다. 도모키는 별생각 없이 그것을 집어 들었다. 보자기 안에는 가벼운 종이다발 같은 느낌을 주는 물건이 있었다.

혹시라는 생각에 도모키의 가슴이 두근거렸다.

그는 돈을 줍는 장면을 종종 상상했었다. 돈을 줍는 것밖에 다른 방법이 없다는 생각을 자주 했었다. 돈을 줍는다면 얼마나 기쁠까 하는 생각을 한 적도 있었다. 기적적으로 돈을 주위 곤궁한 상황에서 벗어날 수 있기를 얼마나 열망했던가. 그러나 상상은 상상으로 끝났고 그런 기적은 이전에는 실현된 적이 없었다.

그러나 오늘에야말로 정말로 그 기적이 일어난 것이 아닐까. 이렇게 생각하면서, 왠지 모를 묘한 불안을 느끼며 도모키는 보자기 꾸러미를 열었다. 안에서 종이 꾸러미가 나타났다. 그리고,

이 무슨 기적인가!

종이 꾸러미 안에 있는 것은 정말 지폐 다발이었다.

도모키의 손이 덜덜 떨렸다. 그는 허둥지둥 지폐 다발을 품속에 집어넣었다. 좀처럼 손에 쥐어볼 수 없는 금액이어서 눈어림으로 얼마인지 알 수 없었으나 적어도 5백 엔은 있는 것 같았다.

도모키는 정신없이 달렸다. 하여튼 그곳에 있는

것 자체가 무서웠기 때문이다.

몇 구역을 지난 곳에서 그는 휴하고 숨을 내쉬었다.

어쩌지.

신고를 할까. 주인을 찾으면 10% 정도는 받을 수 있을지도 모른다. 그렇지만 주인이 바로 밝혀지지 않는다면 맡겨놓은 채로 시간만 간다. 그럴 거면 처음부터 사례만 빼놓고 신고를 할까. 아니, 그게 발각되면 오히려 곤란해진다. 차라리 모두 빌린 셈 치고 끝내 버릴까.

5백 엔이 있으면 이제 죽지 않아도 된다. 다마시마를 죽일 필요도 없다. 이것이 일생일대의 기회가 되어 비로소 운이 트이는 것일지도 모른다. 5백 엔을 떨어뜨릴 만큼 얼뜬 인간이라면 이 돈이 없다고 해서 그렇게 곤란해지지는 않을 것이다.

빌리자. 도모키는 드디어 그렇게 결정하고 말았다.

그는 사방이 갑자기 밝아지는 것 같은 느낌이었다. 희망이, 말라가는 그의 가슴에서 솟아올랐다.

그는 문득 아내가 떠올랐다.

깜깜한 집에 들어가 그가 없는 것을 발견하고 그녀는 어떻게 하고 있을까. 아니면 여전히 거리를 배회하며 방황하고 있는 것일까.

빨리, 빨리, 희소식을 알려야 한다.

도모키는 가슴을 두근거리며 집 쪽으로 향했다.

3

집은 깜깜했다.

도모키는 더듬더듬 방 안으로 들어가 아내가 있는지 불러 보았으나 대답이 없었다. 아내는 아직 돌아오지 않은 것이다.

그는 집을 나와 근처 잡화점에서 초를 2자루 샀다. 흠칫거리면서 품 안에서 10엔 지폐를 한 장 꺼내 건넸으나 가게 주인은 특별히 이상하게 생각하지도 않고 거스름돈을 주었다. 그리고 그는 식료품 가게로 갔다. 부드러운 식빵과 버터, 햄을 샀다. 그리고 과일가게에서 새빨갛게 익은 사과를 샀다. 그리고 꺼억꺼억 소리를 내며 집으로 돌아갔다.

굵고 새하얀 서양초는 오랜만에 기분 좋은 빛을 선사해 주었다. 그는 정신없이 식빵을 물어뜯었다. 그리고 사과를 베어 물었다.

배가 충분히 불러오자 조금의 여유가 생겼다. 그러자 오랫동안 피우지 않았던 담배가 미치게 피우고 싶어졌다. 그는 다시 밖으로 나가 담배를 샀다. 책상다리를 하고 앉아 담배를 한숨 들이마시자 세상을 다 얻은 듯한 기분이었다. 바로 전까지 죽음을 결심했던 자신이 마치 다른 사람처럼 느껴졌다.

아내는 어떻게 된 일인지 좀처럼 돌아오지 않았다.

그는 침착하게 여유를 즐기고 있었으나 속으로는 한시라도 빨리 아내의 얼굴을 보고 싶었다. 빨리 그녀와 기쁨을 나누고 싶었다. 그러나 아내는 좀처럼 모습을 보이지 않았다.

그는 약간씩 불안해졌다. 그녀의 일신에 뭔가 변이 생긴 것은 아닐까. 만약 자동차에라도 치인 것은 아닐까. 혹은 끝끝내 돈을 구하지 못한 채 무모한 생각을 한 것은 아닐까. 그의 불안이 점차 깊어졌다.

혹시 그에게 정이 떨어져서 집을 나간 것은 아닐까. 만에 하나라도 그럴 일은 없다고 생각하면서도 도모키는 나쁜 쪽으로만 생각이 들었다.

아니, 역시 희망을 버리지 못하고 지인들을 찾아다니고 있을 것이다. 도모키는 생각을 고쳐먹었다. 그러나 그렇다고 해도 너무 늦다. 어쩌면 자동차에 ― 도모키는 걱정스러워 견딜 수가 없었다.

그때 문득 방안 어딘가가 달라진 점이 있다는 것을 깨달았다.

방 안쪽 마루 판자 위에 타다 남은 짧은 초가 세워져 있는 것이 아닌가. 그가 아까 이 방에서 나갈 때는 마지막 초가 다 타버렸고, 실제로 촛농 위에 초였다는 흔적만 남긴, 끝이 탄 심지가 다른 마루 판자에 남아 있었다. 그리고 보면 타다 남은 초는 그가 나간 이후 누군가가 가져온 것이다. 물론 그것은 노부코임에 틀림없었다.

그렇다면 아내는 한 번 돌아왔던 것이다. 그리고 그의 모습이 보이지 않자 다시 어딘가 나간 것이리라. 도대체 어디에 간 것일까. 나갔다 해도 갈 곳도 없는 그녀가 이미 돌아와 있어야 하지 않을까. 그는 한층 불안해졌다.

그는 밖으로 나가 아내를 찾아볼까도 생각해 보았다. 그러나 어디부터 가서 찾아야 할지 알 수 없었기에 서로 엇갈릴 수도 있다. 그는 어찌해 볼 도리가 없다는 불안에 초조해하며 사방을 둘러보았다.

그때 방 한켠에 편지 같은 것이 놓여 있는 것이 비로소 눈에 들어왔다. 그는 두근거리는 마음으로 덤벼들 듯해서 그것을 손으로 집었다.

그것은 분명 노부코가 두고 간 편지였다.

도모키는 허둥지둥 읽어 내려가다가 이내 얼굴빛이 새하얗게 변했다. 편지에는 다음과 같은 내용이 적혀 있었다.

"조금이라도 기대할 수 있는 곳은 남김없이 찾아가 보았습니다. 그러나 처음 당신 말씀처럼 전부 거절당했습니다. 저는 의기소침하여 집에 돌아왔습니다. 당신은 어딘가 외출했는지 안 계셨습니다. 저는 옷소매 안에 있던 초 한 조각을 꺼내 불을 붙여 멍하니 당신이 돌아오기를 기다리고 있었습니다. 그 얼마나 서글픈 기분이었는지. 우리는 내일 창고와 같은 이 집에서마저 쫓겨날 겁니다. 돈 한푼 없이, 한푼의 돈을 얻을 방법조차 우리에게는 주어지지 않습니다. 저는 가만히 생각해 보았습니다. 이런저런 생각이 떠올랐습니다. 더는 눈물도 나지 않았습니다.

결국 우리는 살아갈 수 없는 것입니다. 저는 결심했습니다. 저라는 방해물만 없다면, 당신은 남자니까요, 분명 살아갈 어떤 방법이 생길 것이 분명합니다. 저는 결심했습니다. 저는 당신 곁을 떠나겠습니다.

당신을 떠난다고 해도 저는 당신 없이는 살아갈 수 없다는 것을 잘 알고 있습니다. 그래서 저는 죽을 생각입니다. 저는 저 증오스러운 다마시마를 죽이고 죽을 생각입니다. 다마시마는 조심성 많은 성격이지만 저는 여자니까요, 방심할 겁니다. 저는 돈을 갚으러 왔다는 식으로 그를 만나 틈을 봐서 칼로 찌를 겁니다.

긴 세월 사랑해 주신 점, 깊게 감사드립니다. 가끔은 미련한 저를 생각해 주세요. 부디 가치 있는 인생을 보내시길 바랍니다.

노부코"

도모키는 끝까지 읽지도 않은 채 정신없이 밖으로 뛰쳐나갔다. 무서운 기세로 다마시마의 집으로 향했다.

아내도 그와 같은 생각을 한 것이다. 편지의 문구까지도 그가 아내에게 남기려 했던 생각과 같지 않나. 그녀는 그와 엇갈려 다마시마의 집을 향한 것이다.

벌써 늦었을지도 모른다. 그녀가 다마시마를 죽여버렸는지도 모른다. 무서운 일이다!

그러나 그녀 역시 그렇게 쉬이 다마시마의 집안으로 들어갈 수는 없었을 것이다. 하물며 여자의 힘이다. 다마시마에게 제압당했을지도 모른다. 제발 그렇게 되었기를!

서두르지 마, 노부코. 이제 다마시마 따위 어찌 됐든 상관없다. 죽일 필요가 있었다면 당신보다 먼저 내가 해치웠을 거야. 아아, 내가 도망쳐버려서 당신이 살인죄를 범할지도 모른다니. 아아, 두렵다, 부디 아직 죽이지 않았기를. 너무 늦지 않기를.

도모키는 헛소리처럼 입안에서 중얼중얼 내뱉으면서 쉬지 않고 달렸다.

4

 아아, 늦었다!

 다마시마의 집 이층에 등불이 켜져 있었다. 쪽문에 틈이 보여 밀어보니 수월하게 열렸다.

 아아, 노부코는 안에 들어간 것이다.

 도모키는 쪽문을 밀어 열고 안쪽 정원을 달리며 혹시 저쪽에 피로 물든 단도를 쥔 노부코가 기절이라도 해서 쓰러져 있는 것은 아닐지, 바쁘게 눈을 움직였다. 그러나 아무것도 눈에 들어오지 않았다.

 현관에도 피를 흘린 듯한 흔적은 없었다.

 아직 참극은 일어나지 않은 것인가. 노부코는 무사한가. 다마시마에게 제압당한 것인가. 아아, 그래도 좋다. 부디 무사하게 있어 줘.

 그 집 내부 구조를 알고 있는 도모키는 단숨에 계단을 뛰어올라 다마시마가 응접실로 쓰는 방을 목표로 돌진했다.

그러자 갑자기 사람이 다투는 소리가 들려왔다.

도모키는 공처럼 튀어 방안으로 뛰어 들어갔다.

들어가서 보니 노부코가 어디에서 손에 넣었는지 번쩍번쩍 날 선 단도를 기세 좋게 다마시마를 향해 뻗으며 달려들고 있었다. 다마시마는 벽 쪽으로 밀려 두 손을 앞으로 뻗치며 영문을 알 수 없는 소리를 지르고 있었다.

"노부코, 그만둬!"

도모키는 소리를 질렀다. 그러나 노부코의 귀에는 들리지 않았는지, 그저 찌르기 위해, 한 발 내딛으려 했다. 다마시마는 꺅하고 고통스러워하는 새와 같은 소리를 냈다.

도모키는 노부코에게 달려들었다. 오른손으로 단도를 꽉 쥔 그녀의 손을 잡았다.

노부코는 격렬하게 발버둥치듯이 뒤돌았다. 도모키의 얼굴을 보자,

"앗! 당신이 왜!"

라고 소리를 지르고는 단도를 툭 떨어뜨렸다. 그

리고는 갑자기 긴장이 풀렸는지 풀썩하고 도모키의 가슴으로 무너져 내렸다.

"이럴 수 없어. 이럴 수는 없다고."

아슬아슬하게 목숨이 끊어질 위험에서 벗어나 안심했는지 공포로 창백해진 얼굴로 다마시마는 외쳤다.

"뭐가 그럴 수 없다는 거지?"

도모키는 증오로 가득 찬 눈으로 새파랗게 질린 다마시마를 보면서 소리쳤다.

"뭐가 이럴 수 없냐고? 이런 어이없는 일이 세상에 일어날 수 있겠냐고. 빌린 돈을 갚지도 않고, 사람을 죽이려고 하다니, 어이가 없어서 말이 안 나온다고."

"말이 안 나오면 닥치고 있어. 너 같은 녀석은 죽여도 된다고."

"말도 안 되는 소리. 용서를 빌지도 않고, 뚫린 입이라고 멋대로 지껄이고 있네. 더는 참을 수가 없어. 나는 널 고소하겠어."

"흥, 고소든 뭐든 해 보라고. 이제 나는 너 따위

두렵지 않아."

"나는 두렵지 않아도 저 위에 계신 분은 두려울걸."

"두렵지 않아."

"멍청한 소리 하지 마. 감방에 들어가야 한다고."

"상관없어."

"말도 안 되는 소리 말고, 돈이나 갚아!"

"흐흠. 그렇게 돈을 원하나? 돈을 갚으면 불평은 없겠지."

"돈을 갚고 조용히 물러나 준다면 더는 아무 말도 하지 않겠어."

"좋아. 그럼 돈을 갚을 테니 증서를 내놔."

"증서는 네 마누라가 찢어 버렸어."

다마시마는 비열한 얼굴로 말했다.

"그래, 찢었단 말이야."

도모키는 가만히 노부코를 안아 올리며 물었다.

"당신이 찢은 거야?"

"네."

시체처럼 창백해진 얼굴이었지만 그녀는 비교적

똑똑히 대답했다.

"증서를 찢었어도 금액은 기억하고 있겠지?"

도모키는 다마시마에게 말했다.

"그래, 그거야 기억하고말고."

"그럼 말해 봐. 증서가 없어졌다면 갚지 않아도 상관없겠지만, 나는 너 같은 비열한 인간과는 달리 그런 짓은 싫다고. 갚겠어. 금액을 말해."

"뭐, 갚는다고? 꿈은 아니겠지. 금액은 원금하고 이자 합쳐서 이백이십팔 엔하고 사십육 전이야."

"좋아."

도모키는 품 안에서 지폐 다발을 꺼내어 익숙하지 않은 손놀림으로 돈을 세기 시작했다.

"자, 여기 이백삼십 엔."

"꿈은 아니겠지. 목숨을 뺏길 줄 알았는데 되려 돈을 갚을 줄이야. 이런 감사한 일이… 방심하게 해 놓고 다시 단도로 슬쩍 해치우겠다는 생각은 아니겠지."

"닥쳐. 꾸물거리지 말고 빨리 받아."

"뭐야, 기분 더럽네."

다마시마는 조심스럽게 지폐를 받아들고 익숙한 손놀림으로 돈을 셌다. 이렇게 도모키가 생각지도 못한 돈을 갚은 데다가 딴마음을 품은 듯한 기색도 없는 것을 보자 이제까지 위축되었던 모습은 어딘가 사라지고 갑자기 얼굴을 빛내며 싱글거리기 시작했다.

"확실히 받았습니다. 잠깐만요. 지금 거스름돈을 내올 테니까요."

"거스름돈 따위 필요 없어. 받아두라고."

"엣, 이거야 정말 괜찮으려나." 다마시마는 놀라면서 "도모키씨, 당신은 가난뱅이지만 어딘지 다른 사람과는 다르다 싶었는데 역시 대단해. 감동했어요."

"닥쳐." 도모키는 꾸짖듯이 말했다. "그럼 이제 더 할 말은 없겠지."

"더는 아무 말도 없습니다. 감사할 따름입니다."

다마시마는 꾸벅 머리를 숙였다.

"좋아. 그럼 내가 할 말이 있어. 네 놈. 잘도 오랫동안 나를 괴롭혔겠다!"

도모키는 주먹을 꽉 쥐고 다마시마가 꾸벅 숙인 옆얼굴을 향해 날렸다.

다마시마는 비틀비틀하며 한심스러운 얼굴을 일그러뜨리며,

"아야! 아야, 이게 거스름돈 대신인가."

"뭐라고!"

비위가 상한 도모키는 다시 한번 다마시마를 향해 주먹을 날렸다.

"노부코, 자, 가자."

도모키는 노부코를 재촉하며 유유히 개선장군처럼 다마시마의 집에서 나왔다.

5

집에 돌아간 도모키는 노부코에게 돈이 들어온 연유를 간단히 설명했다. 그러나 주운 돈을 그대로 착복했다고는 말하지 않았다. 생각지도 못한 큰돈을 주워 주인에게 사례를 받았다고만 했다. 노부코는 물론 그 말을 믿었다.

"잘됐어요."

그녀는 기쁨에 가득한 얼굴로 말했다. 그러나 도모키의 얼굴은 어두웠다.

불안스러운 하룻밤을 보낸 도모키는 다음 날 아침 일찍부터 노부코의 등을 떠밀며 여행길에 나섰다. 집주인에게 밀린 방값을 갚고 주변을 정리한 후 두 사람은 기차에 올라 쇼난 지방으로 향했다.

그러나 도모키는 여전히 해방된 기분이 아니었다.

그날 밤, 숙소에서 석간을 손에 든 도모키는 악하고 소리를 질렀다.

"왜 그래요?"

노부코는 놀라서 남편의 얼굴을 들여다보았다.

"크, 큰일났어. 다마시마가 살해당했어."

"뭐요!"

두 사람은 석간을 서로 당겨가면서 일반 기사보다 크게 다루고 있는 그 기사를 읽었다.

석간에서 보도한 바로는, 고리대금업자 다마시마는 오늘 아침 2층 방에서 차갑게 식은 채 누워 있는 것을 귀머거리 고용인 노파에게 발견되었다. 다마시마의 가슴에는 단도가 꽂혀 있었다. 범행 시간은 새벽 1시에서 2시 사이로, 강도의 소행으로 보인다는 것이었다.

"아아, 깜짝이야. 그럼, 우리가 나온 직후에 살해당한 거네요." 노부코는 씩씩거리며 말했다.

"응. 쪽문은 열려 있었고, 현관은 잠그지 않았으니까 강도가 들어간 걸 거야."

"처음에는 당신이 죽이려고 했고, 다음에는 제가

죽이려고 했는데, 그런 상황에서 벗어났으면서도 결국은 세 번째 강도에게 살해당했다니, 어차피 죽을 운명이었던 거예요."

"응. 정말 운도 없는 녀석이야."

"천벌을 받은 거야. 하지만 우리가 죽이지 않아서 다행이야."

"하지만 우리가 의심받을지도 몰라."

"정말 그렇네요. 갑자기 돈이 생긴 것도, 여행을 떠난 것도, 게다가 우리도 다마시마 집에 갔었으니까요. 의심을 사기에 너무도 딱 들어맞는 상황이 갖춰져 있어요. 만약 경찰서에 불려 가면 어쩌지."

"어쩔 수 없지. 그건 그때 생각하자."

도모키는 아내를 안심시키려는 듯 별일 아니라고 말했으나 마음속에는 불안이 이만저만이 아니었다. 아니, 불안은 이미 정도를 넘어섰다. 그는 공포로 떨고 있었다. 그래, 다마시마를 죽였다는 의혹에서는 벗어날 수 있다고 하자, 그러나 주운 돈을 착복한 사실은 감출 수 없을 것이다. 만약 그것까지 부인한다면 다마시마를 죽인 의혹만 깊어질 것이다. 상황에 따라서는 다마시마를 죽인 의혹도 벗을 수 없을지도 모른다.

"당신, 왜 그래요?"

노부코는 도모키가 갑자기 말이 없어지자 걱정스러운 듯 물었다.

"아무것도 아니야. 피곤할 뿐이야. 이제 자자고."

여관 사람에게 이부자리를 부탁하고 도모키는 자리에 누웠다. 그러나 불안에, 연이은 공포는 더해가기만 했고 잠을 청할 수가 없었다.

날이 밝아 복도를 지나는 발걸음 소리만 들려도 혹시 형사인가 싶어서 가슴이 쥐어뜯기는 듯한 경험을 한 도모키는 잠이 부족해 부은 눈으로 자리를 떨치고 일어나 서둘러 조간을 훑었다.

거기에는 생각지도 못한 행운이 기다리고 있었다. 신문에는 다마시마를 죽인 범인이 이미 체포되었다는 사실이 쓰여 있었다.

"아아, 다행이다."

노부코는 가슴을 쓸어내리며 기쁜 듯 말했다.

그러나 도모키는 아직 충분히 해방되지 못했다.

신문에서 보도한 바로는, 다마시마를 죽인 것은 다케야마 세이키치라는 젊은 남자로 작은 술집에서 일하고 있었다. 그는 전날 밤 주인의 명령으로 거래처에서 수금을 하고 5백 엔 남짓의 지폐를 보자기에 싸서 품속에 품은 채 집으로 돌아가던 중에 잃어버리고 말았다. 돈을 잃어버린 사실을 깨닫고 정신없이 찾아다녔으나 누군가 벌써 주워 간 듯 어디에서도 찾을 수 없었다.

그가 일하는 술집은 연이은 불경기로 파산 직전에 있었고 그 돈이 없으면 결국 파멸의 길밖에 없었다. 세이키치는 그러한 사정을 잘 알고 있어서 자살 말고는 달리 사죄할 방법이 없다고 생각하고 멍하니 거리를 돌아다녔다. 그러다가 번뜩 정신이 들었을 때 그는 커다란 집 앞에 서 있었다. 그곳은 일하는 술집 근처로 평판이 안 좋은 다마시마라는 고리대금업자의 집이라는 사실을 깨달았다. 정처 없이 어슬렁거리고 있다고 생각했으나 자신도 모르게 돈을 떨어뜨린 곳을 되짚고 있었던 듯 수금처에서 술집으로 돌아가는 방향을 더듬으며 걷고 있었던 것이다.

  이 집이라면 5백 엔, 천 엔 정도의 돈은 언제든 넘쳐나게 있을 것이다. 그는 다마시마의 문패를 올려다보면서 문득 그런 생각을 했다. 그리고 별생각 없이 쪽문을 보았는데 어째서인지 살짝 열려 있는 것이다. 그는 눈에 보이지 않는 무언가에게 이끌리듯이 쪽문을 밀었다. 쪽문은 힘없이 열렸다. 그는 어슬렁어슬렁 안으로 들어갔다. 어쩐 일인지 현관도 열린 채였다. 그리고 2층에서 흘러나오는 불빛에 의지해 계단을 올랐다. 그가 어슬렁어슬렁 불 켜진 방으로 들어가자, 다마시마가 잠자리에 들지 않은 채였고 그에게 성을 냈다. 그는 정신없이 거기에 떨어진 단도를 집어 들었다. 그리고 다마시마를 찔러 죽였다.

  그리고 책상 위에 있는 지폐가 눈에 들어왔다. 그는 그것을 품속에 구겨 넣었다. 금고도 눈에 들어왔으나 열다가 실패했다. 그러는 사이에 무서운 생각이 들어 집에서 뛰쳐나갔고 또 다시 정처 없이 어슬렁거렸다. 그러다가 거리를 순회하던 경관이 그를 수상히 여겨 구치소에 잡아넣었고 오늘 낮 처음으로 다마시마를 죽였다는 사실을 자백했다는 것이다.

"아, 불쌍한 사람."

다 읽은 노부코는 파랗게 질린 얼굴로 한숨을 쉬면서 말했다. 그러나 그녀는 아직 남편의 거짓말은 알아차리지 못했다.

도모키는 죽은 사람처럼 핏기를 잃은 얼굴을 들어 한 지점을 응시하며 더듬더듬 말했다.

"운명이야. 운명이라는 놈은 언제나 함정을 파서 기다리고 있다고. 그게 인생이야."

"뭐요?" 노부코는 남편의 행동을 의아해하면서 말했다. "그 함정에 걸린 사람은 요컨대 불행하다는 거네요."

그러나 도모키는 거기에 대해서는 대답하려 하지 않았다. 그리고 깊은 한숨을 내쉬었다.

초판 『탐정』 1931년 5월

유메노 규사쿠(1889-1936)

일본의 소설가, 육군소위, 선승, 신문기자, 우체국장 등 다양한 이력을 지님. 일본의 3대 기서 중 하나로 꼽히는 『도구라 마구라』를 비롯하여 지방 풍토를 살린 호러, 괴기·환상적인 분위기가 농후한 작품은 높은 평가를 받고 있다. 1926년에 「괴기한 북」이 『신청년』 현상공모에서 입선하면서 소설가로 데뷔한다. 이때 에도가와 란포는 그다지 높이 평가하지 않았는데 1929년에 발표한 『삽화의 기적』을 읽고 감명을 받았다고 평가했다. 규사쿠라는 필명은 정치활동가로 암약하던 부친이 "꿈같은 엉터리 소설, 졸작이야"라고 평가했고, 그것을 그대로 필명으로 삼았다고 한다. 일본어로 '유메'는 '꿈', '노'는 '의', '규사쿠'는 '우작(졸작)'을 의미한다.

9.
빌딩

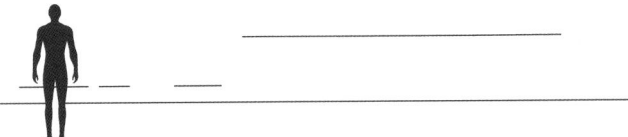

거대한 사각 빌딩이다.

창이라는 창은 빠짐없이 꽉 닫혀 있었고, 방이라는 방은 모두 암흑 속에 갇혀 있었다.

그 검고 거대한 사각 암흑의 한켠에 노르스름하고 가느다란 초승달이 걸려 있는, 서서히 세상이 침몰해 가는 시각이었다.

나는 그 암흑의 중심에 있는 숙직실 침대 위에 길게 몸을 뻗어, 옆방과의 경계를 이루는 벽으로 머리를 향한 채 홀로 새근새근 잠들어 있었다.

나는 피곤했다. 생각할 여력도 없을 정도로 졸렸다.

나의 의식은 저벅저벅 '0'의 방향으로 다가서고 있었다. 무한의 시공 속에서, 무궁한 포물선을 그리며 낙하하고 있었다.

그때 벽을 사이에 둔 건넛방에서 새근새근 수면에 빠진 숨소리가 들려왔다. 내 숨소리에 딱 맞춰, 나와 똑닮은 숨소리가 ― 조용히 ― 잠잠히 ―

― 벽 하나를 사이에 둔 건넛방에 또 한 사람의

내가 잠들어 있는 것이다. 내 머리가 향한 쪽으로 머리를 향하고 내가 자는 모습을 거울에 비춘 듯이 정반대 방향으로 다리를 뻗고, 새근새근 잠들어 있는 것이다.

— 그 벽 건너편의 나도 피곤한 상태다. 생각할 여력도 없을 정도로 졸린 것이다. 그렇게 그 의식이 저벅저벅 '0'의 방향으로 다가서고 있다. 무한의 시공 속에서, 무궁한 포물선을 그리며 — 저벅저벅 —

나는 벌떡 일어났다. 잠이 확 달아났다. 옆방을 살펴보고 싶어졌다.

그러나 나는 어둠 속에서 상반신을 일으킨 채 주저했다. 만약 옆방을 살피던 중에 나와 똑같은 내가 새근새근 자고 있다면, 그 얼마나 무서운 일인가 — 그렇다고 해서, 만에 하나라도 옆방에 아무도 없다면, 그 공포가 몇 배는 더할 것이다 — 라고 —

나는 그렇게 이런저런 생각에 몇 초인가 — 혹은 몇 분 동안인가, 눈앞의 어둠 한가운데를 빤히 응시하고 있다. 응시하고 있다 —

— 그렇게 — 그 사이에 어떤 갑작스런 결심이 나

를 덮쳐왔다. 그 결심에 떠밀리듯 나는 맨발로 침대에서 뛰어내렸다. 숙직실을 박차고 나와 옆방으로 통하는 암흑의 복도를 돌진했다.

― 그러자 도중에 무엇인가 새까만, 인간과 같은 것이 정면에서 충돌해온 것 같았는데 두 개의 신체가 꽝하고 인조석 바닥 위에 쓰러졌다. 그대로 꿈쩍도 못하고 기절해 버렸다.

거대한 심야의 빌딩 전체가 ― 하하… 하하… 하하하 ― 하는 웃음소리를 또렷이 들어가면서 ―

초판 『탐정클럽』 1932년 10월

유메노 규사쿠 (1889-1936)

일본의 소설가, 육군소위, 선승, 신문기자, 우체국장 등 다양한 이력을 지님. 일본의 3대 기서 중 하나로 꼽히는 『도구라 마구라』를 비롯하여 지방 풍토를 살린 호러, 괴기·환상적인 분위기가 농후한 작품은 높은 평가를 받고 있다. 1926년에 「괴기한 북」이 『신청년』 현상공모에서 입선하면서 소설가로 데뷔한다. 이때 에도가와 란포는 그다지 높이 평가하지 않았는데 1929년에 발표한 『삽화의 기적』을 읽고 감명을 받았다고 평가했다. 규사쿠라는 필명은 정치활동가로 암약하던 부친이 "꿈같은 엉터리 소설, 졸작이야"라고 평가했고, 그것을 그대로 필명으로 삼았다고 한다. 일본어로 '유메'는 '꿈', '노'는 '의', '규사쿠'는 '우작(졸작)'을 의미한다.

10.
시체는 매달려서 웃는다

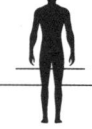

어딘가의 공원 벤치다.

눈앞에는 한 줄기 분수가 해질녘의 푸르스름한 하늘로 높이높이 솟아올랐다가 떨어지고 올랐다가 떨어지고 있다.

분수 소리를 들으며 나는 두세 장의 석간을 넓게 펼쳤다. 그리고 그 어느 신문을 봐도 내가 찾고 있는 기사를 찾아볼 수 없다는 사실을 인지하고 씨익 냉소하면서 되는대로 겹쳐 둘둘 말았다.

내가 찾고 있는 기사라는 것은, 지금으로부터 딱 한 달 전, 교외의 어느 빈집 안에서 내 손에 죽은 불쌍한 여자애의 시체와 관련된 보도다.

나는, 그 아이와 깊이 사랑하는 사이였다. 그런데 어느 날 저녁, 그 아이가 나를 만나러 왔을 때, 10대 중후반의 소녀에게 기막히게 잘 어울리는, 뒤로 말아 올린 머리 모양과 긴 소매의 기모노를 입은 모습이 너무나도 아름다워, 숨이 막힐 듯했다. 그것이 너무도 괴로워 급기야 그녀를 교외의 xx 철도건널목 부근의 외딴집에 데려갔다. 그리고 놀라

의아해하는 그 아이에게 급작스레 달려들어 단숨에 목을 졸라 죽이고 나서야 겨우 무거운 짐을 내려놓은 듯한 기분이 되었다. 만약 이렇게라도 하지 않았다면 나는 머리가 돌아버리고 말았을지도 모른다 — 고 생각하면서 —

그런 후에 나는 그 아이의 기모노 허리띠를 풀어 천장 가로대에 걸어 목을 매어 자결한 듯한 장면을 연출했다. 그리고 아무 일도 없었던 듯한 얼굴로 하숙집으로 돌아갔으나 그 후로 매일매일, 아침과 밤 두 번씩 어김없이 이 공원에 와서, 이 벤치에 앉아 공원 입구에서 사온 두세 장의 조간과 석간을 훑어보는 것이 하나의 습관이 되어 버렸다.

"긴 소매 기모노 차림의 소녀, 목 매 죽다"

와 같은 표제를 예상하면서 — 그리고 그런 기사가 아무 데도 없다는 사실을 확인하고는 그 빈집의 상공 부근일 듯한 푸르디 푸른 허공을 올려다보면서 히쭉 냉소를 지었다. 그것 역시도 하나의 습관이 되어 버린 것이다.

지금도 그랬다. 나는 두세 장의 신문지를 대충

말아서 벤치 밑에 던져 넣고는 담배 한 대를 입에 물고는 그 방향으로 구름 낀 하늘을 올려다보았다. 그리고 언제나 그렇듯이 냉소를 머금으며 성냥을 그으려 했으나, 그때 문득 발밑에 떨어져 있는 한 장의 신문지가 눈에 들어왔다. 순간 숨이 막혀왔다.

그것은 역시 같은 날짜의 석간 사회면이었으나 누군가 이 벤치에 앉았던 사람이 버리고 간 듯했다. 그 한가운데 위치한 어떤 특종인 듯 3단을 모두 활용한 큰 기사가 전기처럼 찌릿하며 내 눈에 파고들었다.

"빈집의 이상한 사체
xx 철도건널목 부근의 폐가 안에서
사후 약 1개월이 지난 반해골 상태,
회사원인 듯한 젊은 양복 차림의 남성"

나는 그 신문을 움켜쥐고 정신없이 공원을 빠져나갔다. 그리고 어디를 어떻게 해서 왔는지, xx 철도건널목 부근의 추억어린 폐가 앞에 도착하여 망연자실해서 멈춰 섰다.

나는 이윽고 한 손에 신문지를 꼭 쥐고 있었다는 사실을 깨닫고는 허둥지둥 주변을 살폈다. 그리고 아무도 다니지 않는 것을 확인하고는 용기를 내어 바깥 문을 열고 안으로 들어갔다.

빈집 안은 깜깜해서 거의 아무것도 보이지 않았다. 그 안에서 더듬더듬 여자아이의 시신을 매단 안쪽 8조 방으로 들어가 성냥을 그어 보니 —

"…"

— 그것은 틀림없는 내 시신이었다.

허리띠를 가로대에 걸고 봉을 입에 물고 오른손에 성냥을, 왼손에 신문지를 움켜쥔 채 —

나는 너무나 놀라서 정신을 잃을 것 같았다. 타다 만 성냥을 떨어뜨리는 순간, 이것이 경찰 당국의 속임수가 아닐까… 하는 등의 의심이 언뜻 머릿속 어딘가로 떠오르는 듯했으나 그 순간, 내 등 뒤의 어둠 속에서 생각지도 못한 젊은 여자의 웃음소리가 들려왔다.

그것은 내가 목 졸라 죽인 그녀의 목소리가 분명했다.

"오호호호호호호… 내 마음을 받아 줘요…."

초판 『탐정클럽』 1933년 1월

사카구치 안고(1906-1955)

일본의 소설가, 평론가, 수필가. 제2차세계대전 이전부터 이후에 걸쳐 활동한, 근현대 일본문학을 대표하는 소설가 중 한 사람. 순문학뿐만 아니라 역사소설, 추리소설, 문예·시대풍속에서부터 고대사까지 광범위한 자료를 채집하여 쓴 수필, 바둑이나 장기 관전기 등 다채로운 활동을 통해 무뢰파(전쟁 이후 기성 문단을 비판한 일부 작가들의 무리)라고도 불렸다. 전후에 『타락론』, 『백치』 등을 발표하며 다자이 오사무 등과 어깨를 견주는 유명 작가 대열에 합류한다.

11.
암호

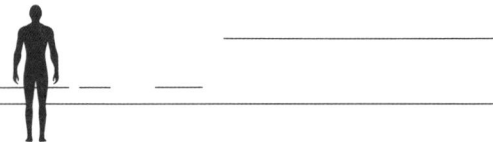

야지마는 회사 일로 간다에 갈 때면 언제나 그랬듯이 헌책방을 둘러보고 있었다. 그러던 중 오타 아키라씨의 저서 「일본 고대의 사회조직 연구」가 눈에 띄어 집어 들었다. 그도 한 번 소장한 적이 있었던 책이었는데, 전쟁에 나간 사이에, 폭격을 맞아 불이 나는 바람에 장서가 말끔히 불타 버리고 말았다. 잃어버렸던 서적과 재회한 것이 반가워 집어 들지 않을 수 없었지만, 그렇다고 이제 와서 한 권 두 권 다시 사들여 본들 무슨 소용이 있나 하는 생각에 살 생각까지는 들지 않았다. 그러면서도 작별을 고하는 것은 가슴이 시려오니, 그저 씁쓸할 뿐이었다.

　아쉬운 마음에 페이지를 넘기니, 표지에 '가미오 장서'라는 인쇄가 있었다. 본 적이 있는 표식이다. 전사한 옛친구의 장서가 확실하다. 아무도 없었던 그의 집도 전쟁 중 화재로 소실되어 그의 미망인은 센다이의 친정에 가 있을 터였다.

　야지마는 그리운 마음을 못 이기고 그 책을 사

고 말았다. 회사로 돌아가 책을 펼쳐 보다 보니, 페이지 사이에서 낯익은 편지지가 나왔다. 교몬서관의 편지지였다. 야지마도 가미오도 전쟁 전까지 그곳 편집부에서 일했었다. 편지지 지면에는 다음과 같은 숫자가 쓰여 있을 뿐이었다.

34 14 14

37 1 7

36 4 10

54 11 2

370 1 2

366 2 4

370 1 1

369 3 1

367 9 6

365 10 3

365 10 7

365 11 4

365 10 9

368 6 2

370 10 7

367 6 1

370 4 1

기억해 두려고 페이지를 표시해 둔 것인가 싶었지만, 같은 숫자가 나열된 것을 보면 그런 것 같지도 않았다. 설마 암호는 아니겠지 하는 생각이 들기는 했으나 마침 한가하기도 해서 문득 풀어 봐야지 싶어서 34페이지 14행 14번째, 4글자까지 짚어 보는데 왠지 모르게 긴장되었다. 문장을 이루고 있었기 때문이다.

"언제나의 거기에 있을게요. 7월 5일 오후 3시"

전부 합하면 이런 문구가 된다. 두말할 것 없이 암호였다.

달필로 유명한 가미오가 썼다고 하기에는 이 숫자는 그다지 뛰어난 필체가 아니었고, 아무래도 여자가 쓴 것 같았다. 그러나 이 책이, 전란을 피해 다른 데로 옮겨 가면서 팔린 것이라 해도 교몬서관의 편지지라는 것을 보면, 이 암호가 가미오와 관련이 있을 거라는 사실은 의심할 여지가 없는 듯했다.

편지지는 네 번 접혀 있었다. 그렇게 생각해 보면 그의 연인에게서 온 편지라고 할 수도 있겠다.

야지마는 가미오와는 누구보다 친한 사이였다. 두 사람의 취미가 같아서 역사, 특히 신화시대의 민속학적 연구에 몰두했었다. 문헌을 서로 빌려주고 연구를 서로에게 보고하기도 하고 어울려서 연구 여행을 떠나는 일도 종종 있었다. 그렇게나 친밀한 사이인지라 서로의 생활 내막까지도 알고 있었고 친구도 거의 비슷했는데, 아무리 돌이켜 보아도 취미가 맞는 친구는 둘뿐이었고 교몬서관 직원 중에 같은 취미를 가진 사람은 떠오르지 않았다. 그뿐만 아니라 이 책은 시판되는 것이 아니어서 시장에서는 구하기 힘든 것이기도 했고, 야지마는 예전부터 갖고 있었지만 가미오는 분명 야지마가 전쟁에 나가기 직전 정도에 손에 넣었던 것으로 기억하고 있다.

게다가 야지마가 전쟁에 나가기 전까지 가미오에게 연인이 있다는 말은 들은 적이 없었다. 그런 일이 있었다면 부인에게는 감춰도 야지마에게만은 털어놨을 터였다.

야지마가 출정한 것은 1944년 3월 2일, 가미오는 다음 해인 1945년 2월이었고 북중국에서 전사했다. 그러고 보면 이 7월 5일은, 야지마가 출정한 뒤인 1944년의 그 날이 틀림없다.

야지마는 회사 편지지를 집에 가져가 사용했다. 다른 사원도 모두 그랬고, 그때는 종이를 파는 가게가 없어서 제각기 자기 집에 가져가는 분량이나 저장해 놓는 양도 꽤 있어서, 야지마가 전쟁에 나간 후에도 집에는 적지 않게 용지가 남아있었을 것이다.

야지마는 아내 다카코를 떠올렸다. 가미오가 아는 사람 중에 이 책을 소장하고 있던 것은 야지마뿐이었고 야지마의 집에는 이 용지도 있었다.

가미오는 경박한 사람이 아니었다. 호색한도 아니었다. 그러나 절대로 바람 피우지 않을, 그런 인간 따위 존재하지 않으며 그럴 가능성이 없는 사람은 있을 수 없다.

야지마가 돌아왔을 때, 다카코는 실명해서 친정에 돌아가 있었다. 집이 직접 폭격을 맞아 그 자리에 실명해 쓰러져 있었던 다카코는 들것에 실려 목숨은 부지할 수 있었다. 그러나 난리통에 두 아이와 헤어진 채, 어디에서 어떻게 되었는지 두 아이의 소식은 여전히 들을 수 없었다.

병원에 수용된 다카코가 우리 부모님과 연락이 닿아 아버지가 상경했을 때는 화재가 난 날로부터 2주일 남짓이 지난 상태였고 아무리 불탄 자리를 뒤져도 아이들에 대한 아무런 단서도 찾을 수 없었다고 한다.

다카코의 얼굴은 상처가 있었지만 주의해서 보지 않으면 알 수 없을 정도로 예전 모습 그대로를 되찾았다. 그러나 두 눈은 다시는 빛을 볼 수 없게 되었다.

가미오는 전사했다. 다카코는 실명했다. 두 사람이 천벌을 받은 거라고 생각하고 있는 자신을 발견하고 야지마는 스스로를 비열하다고 생각했으나 고통스러움을 떨쳐낼 수가 없었다.

암호를 다카코가 썼다는 확증은 없는 데다가 한 명은 실명을 하고, 또 한 명은 죽어 버린 지금에 와서 과거의 일을 캐볼 수도 없는 일이었다. 어차피 전쟁이라는 게 하나의 악몽이지 않느냐고 스스로의 마음을 다잡으려고 노력하면서, 산 책은 집에 가져갔으나 구석에 처박아 두고 다카코에게는 절대로 말하지 않겠다고 다짐했다. 그러나 그것이 마음의 피로를 가져와 오히려 무거운 짐이 되었다. 어설프게 자신의 마음속에만 묻어두려고 해서인지, 비밀은 괴로움을 가져오고 고통은 첩첩이 쌓여가는 것만 같았다.

그러는 사이에 야지마는 문득 깨달았다. 전쟁에 나가기 전까지 다카코는 둘이 함께 있을 때면 언제나 야지마의 왼쪽에 있었다. 신혼 무렵의 달콤한 동작이 다카코의 몸에 익어서 그대로 습관이 된 것이다.

밤을 지새우며 야지마가 책상 앞에 앉아 독서에

몰두한다. 다카코가 다가온다. 야지마는 독서하던 손을 멈추고 다카코에게 입맞춤한다. 그리고 서로를 간지럽힌다거나 끽끽거리며 유난스럽지 않게 보냈던 신혼의 날들, 밤을 새우곤 했는데, 그때부터 다카코는 반드시 야지마의 왼편에 있었다. 침실에서도 다카코는 언제나 남편 왼쪽에 자신의 베개를 놓았다.

신혼은 새로운 세계를 열어주었다. 야지마는 다카코가 열어준 여자의 세계를 즐거이 맛보았다. 때로는 호기심에 차서 탐구욕이 생기기도 했다. 그런 새로운 호기심의 세계에서 다카코는 언제나 왼쪽에 있었고 왼쪽에서 잠들었다. 이렇게 판에 박은 듯한 흐트러짐 없는 그 습관에 대해서 생각해 보기도 했다. 본능일 리가 없다. 예로부터의 관습이 있고 다카코는 그것을 배워왔기 때문에 자기만 몰랐던 건가 싶었지만, 20년 가까이 역사서를 친구로 삼고 있는 그도 그와 같은 관례를 본 적이 없으므로 아마 그렇지도 않은 것 같다.

그리고 보면 남자의 오른손은 애무를 위한 손이

라는 것일까. 그렇게 생각해 보면 다카코의 왼쪽이라는 것도 동물적인 본능에 의한 것일 뿐, 즐거운 상상의 영역은 아니겠으나 실제로 다카코가 오른쪽에 서면 자기 자신이 볼품없어 보일 수도 있어서, 그다지 깊은 의미 없이 행해왔던 것이 두 사람의 습관으로 자연스레 고정된 것일 수도 있었다.

그런데 전쟁에서 돌아와 보니 다카코는 왼쪽으로 다가오기도 했고 오른쪽에 서 있기도 했으며 잘 때 역시도 좌우 어느 쪽이든 상관이 없어졌다. 그러나 그러한 행동에 큰 의미가 없는 것도 사실이다. 다카코가 두 눈을 잃었기 때문이다. 야지마는 그렇게 생각했다.

하지만 암호를 쓴 편지에서, 그리고 다카코의 왼쪽에 대한 생각으로 이어지는 사이, 야지마는 문득 섬뜩한 사실을 깨닫고 한순간 혼란에 빠져 망연자실했다.

가미오가 왼손잡이였던 것이다.

*

전쟁에서 돌아온 후 야지마는 꽤 저명한 출판사의 출판부장으로 일하게 되었다. 마침 회사일로 센다이에 원고를 의뢰하러 갈 일이 생겼다. 센다이에서는 가미오의 부인이 전란의 폭격을 피해 지내고 있었고 어찌 되었든 방문할 기회가 생겼기에 가방에 예의 그 책을 챙겨 넣었다.

회사 일을 마친 후 가미오 부인이 머물러 있는 곳을 찾아가 보니 그곳은 전란의 혼란을 피해 살아남은 언덕 위, 히로세 강의 물줄기가 내려다보이는 전망 좋은 집이었다.

가미오 부인은 재회를 반가워하며 술과 안주를 권했다. 부인도 함께 잔을 들었고 그 눈에 취기가 돌자 자못 생기 넘치고 정감이 흘러넘쳐, 눈망울을 가진 여성의 아름다움을, 그 사실을 새삼스레 발견한 듯했다.

가미오 부인은 원래도 아름다운 사람이었으나 눈이 없는 다카코와 비교하면 더할 수 없이 생동감이 넘쳐 큰 격차를 보였다. 그러나 이렇게 생동감 넘치는 사람이 자신처럼 가미오와 다카코에게 배신

당한 피해자라고 생각하니 가해자의 초라함이 얄궂게 느껴졌고 이러한 자신의 현실이 정말 기묘하게 여겨졌다.

다카코가 그저 실명하기만 한 게 아니라 아이들처럼 죽었더라면, 그랬더라면 자신은 오늘을 기회로 삼아 이 사람에게 구혼해서 결혼할 수 있을지도 모른다. 불현듯 그런 생각이 들었다. 그리고 이상하리만치 정욕적인 감정에 휩싸인 자신의 모습을 발견하고는, 가미오와 다카코도 어쩌면 자신이 지금 이렇듯이 그때 그들도 그러지 않았을까 하는 실감이 격렬하게 밀어오는 것이다. 그렇게 생각은 또 생각으로 이어져 그를 위협했다.

가미오의 첫째 딸이 학교에서 돌아왔다. 벌써 여학교 2학년(만 13세)이었다. 야지마의 딸이 살아있다면 역시 같은 나이였을 것이다. 가미오의 첫째는 활기 넘쳤고 밝았으며 아름다운 여학생이 되어 있었다. 그의 어머니보다도 한층 생기가 넘쳤으며 밝은 모습으로 걸어와 앉았다가 휙하고 사라졌다가 다시 나와서 웃는, 수줍음 가득한 그 눈. 야지마는 언제나 맥없이 앉아 있는 아내, 벽에 손을 짚고 기어가듯이 움직이는 여자, 또 어떤 때는 그의 어깨에 기대어 그저 물체의 무게로만 살아남아 서걱서걱 질질 몸을 이끌며 나아가는 동물에 대해서 생각했다. 하다못해 두 아이가 살아있어 주었다면, 그리고 이 아이처럼 발랄하게 자신의 주위를 폴짝거려 주었더라면, 그런 생각을 하다 보니 울음을 터뜨리고 싶은 심정이 되었다. 갑자기 마음이 울적해져서 다시 추스를 수 있을 것 같지도 않아 더 앉아 있기가 버거워 마지막으로 예의 그 건을 꺼냈다.

"사실은 간다에 있는 헌책방에서 가미오 군의 장서 한 권을 발견해서 사들였답니다. 유품 대신으로 고이 간직하고 있습니다."

그는 가방에서 그 책을 꺼냈다.

"가미오의 책은 전부 파셨습니까?" 부인은 책을 손에 들어 표지의 장서 표식을 바라보았다.

"가미오가 전쟁에 나가면서 팔아도 될 책과 안 되는 책을 지정해 주었습니다. 할 수만 있다면 팔지 않고 전부 가져오고 싶었지만, 그때는 운반해 오는 데 문제가 많아서 몇 단계로 나눈 후에 최소한의 장서밖에는 가져오지 못했습니다. 한때는 헐값에 팔아넘겨서 가미오가 살아서 돌아온다면 아마 몹시 슬퍼할 거라고 걱정할 정도였습니다."

"갖고 싶어 하는 사람에게는 귀중한 책뿐인데 한꺼번에 헌책방에 파신 겁니까?"

"근처의 작은 헌책방에 한꺼번에 팔아버렸어요. 너무나 싼 가격이라 돈 때문은 아니었지만, 그렇게나 책을 사랑하던 남편의 마음이 담긴 것을 헐값에 넘긴 걸 생각하면 몸의 한 부분이 찢겨지는 듯 마음이 아팠었습니다."

"그래도 전쟁의 불길에 휩싸이기 전에 피난해 오신 건 현명하셨습니다."

"그것만은 다행이었어요. 남편이 전쟁터로 가면서 함께 이곳으로 왔으니까 1945년 2월이었고 아직 도쿄에도 대공습이 없었던 때였으니까요."

그렇다면 가미오의 장서가 교몬서관 동료의 손에 넘어갔다는 것이 있을 수 없는 일이다. 그 암호에 있는 7월 5일은 1944년으로 한정되며 필자 역시 다카코 말고 생각할 수 있는 사람이 있을까.

그 책 속에 이상한 암호 같은 것이 있었다고 별일 아니라는 듯 말을 꺼내 볼까 하다가 강력히 부인할 게 분명해서 도저히 입이 떨어지지 않았다. 눈이 있는 사람은 이럴 때는 감정을 드러내니 성가시다고 야지마는 생각했다.

그때 책을 넘겨보던 가미오 부인이 불쑥 고개를 들었다.

"그런데 이상하네요. 분명 이 책은 여기로 가져왔던 것 같은데 말이에요. 확실히 본 걸 기억하고 있으니까요."

"그건 혹시 착각이 아닐까요."

"아니, 여기에 분명히 장서 표식이 있는 것을, 이상하지만 저도 확실하게 기억하고 있어요. 알아봐야겠네요."

부인의 안내로 야지마도 장서 앞으로 나아갔다. 백 권 전후의 서적이 방구석에 쌓여 있었다. 곧바로 부인이 소리쳤다.

"있어요. 여기요, 봐요. 이거 맞죠?"

야지마는 어안이 벙벙해졌다. 그야말로 믿을 수 없는 일이 일어난 것이다. 같은 책이 거기에, 분명히, 있었다.

야지마는 그 책을 집어 들고 안을 살폈다. 이 책 표지에는 가미오의 장서 표식은 없었다. 어찌 된 일인지 알 수가 없었다. 이해가 안 돼 멍하니 페이지를 넘기는데 부분부분 붉은 선이 그어진 곳이 있었다. 그곳을 골라 읽어보니 문득 깨달았다. 그것은 야지마의 책이었다. 자기 자신이 쳐 놓은 붉은 선임이 틀림없었다.

"알았습니다. 여기에 있는 건 제 책입니다. 도대체, 언제 이렇게 바뀐 것일까요."

"정말 이상한 일이네요."

가미오와 다카코는 미리 의논하여 이 책을 암호용으로 사용했다. 그렇게 논의하는 사이에 서로의 책이 바뀐 것은 아닐까. 이거야말로 신이 악행을 저지른 모든 이가 피할 수 없는 증거로 내리신 것이며, 이로써 가미오와 다카코의 관계도 더 이상 부정할 수 없는 사실이 되었다는 생각이 들었다. 부인할 수 없는 확증이 드러남으로써 드리워진 암흑, 구원할 길 없다는 사실에 야지마는 고통스러워 정신을 잃을 것 같았다.

그러나 그때 기억 하나가 머릿속에 떠올랐다. 그러자 서서히 한 줄기 광명을 비추었고, '유레카!'라고 소리치는 과거의 어떤 사람 마냥, 하나의 또렷한 기억이 되살아났다.

이 책이 바뀐 것은 야지마 자신 때문이었다. 야지마는 가미오에게 이 책을 빌려주었었다. 그 사이에 가미오도 이 책을 손에 넣었다. 야지마에게 입대를 알리는 연락이 오자 가미오는 자기 집에서 작별의 술자리를 하자고 야지마를 불렀고, 더불어 빌렸던 책을 돌려주겠다고 해서 몇 권을 가져왔는데 그 책 중 하나가 이 책이다. 그리고 그 책을 찾으려 했을 때는 두 사람은 이미 취해서 잘 살펴보지도 않고 가져왔다. 그때 아마도 바뀐 것 같다.

야지마는 책 내용을 살펴볼 겨를도 없이 분주하게 출정한 터라 야지마의 책이 그대로 가미오의 집에 남게 된 것이다.

*

 야지마는 단 한 권 남은 자신의 장서에 대한 그리움을 품고 가져간 책은 원래 주인의 장서 안에 남겨 두고 자신의 책을 대신 지닌 채 도쿄로 돌아왔다.

 그러나 생각하면 생각할수록 더욱 의아하기만 했다.

 자기가 전쟁에 나간 사이에는 집에 있었을 그 책이, 게다가 모두 다 재가 되어 버렸을 텐데 그 책만이 어째서 서점에 나오게 된 것일까.

 재난을 당하기 전에 장서를 판 것일까. 생활이 힘들었을 리는 없다. 그에게는 부모에게서 물려받은 자산이 있었다. 그래서 봉쇄된 지금과는 달리 그때는 생활이 힘들었을 리가 없는 것이다.

 야지마는 도쿄로 돌아와 다카코에게 물었다.

 "내 장서 중 한 권이 헌책방에 있었어."

 "그래요. 신기한 일이네. 다 타 버리지 않았으면 좋았을 걸. 사 왔겠지? 어디 한번 보여줘."

 다카코는 그 책을 무릎에 올려놓고 그리움에 젖

은 듯 손으로 쓸어 보고 있었다.

"무슨 책이야?"

"지루한 제목의 책이야. 일본 고대의 사회 조직에 대한 연구라는 책이야."

책 제목을 얘기하는 야지마의 얼굴이 굳어졌으나 다카코는 조용히 책을 쓰다듬기만 할 뿐이었다.

"내 책은 다 타버렸을 텐데, 어째서 한 권만이 헌책방에 나온 건지 이상하지 않아? 판 적 없지 않아?"

"팔 리가 없잖아."

"내가 없을 때 누군가에게 빌려 주거나 하지 않았어?"

"음, 잡지나 소설이라면 이웃사람들에게 빌려줬을지도 모르지만 이렇게 크고 딱딱한 책을 누가 빌릴 리가 없잖아."

"도둑맞은 적은?"

"그것도 없는데."

모두 재로 변했을 책 중 한 권이 남아 팔렸다. 이렇게 이상한 일을 다카코는 그다지 이상하게 생각하지 않는 듯 그저 신기하고 그립기만 한 듯했다.

"당신이, 누군가에게 빌려주었다가, 잊어버렸는데, 그게 팔린 거겠지."

라고 다카코는 별일 아니라는 듯 말했다.

처음부터 그럴 리가 없다. 전쟁에 나가기 전에 우리 집에 돌아온 책이기도 하다.

다카코는 실명한 상태다. 눈이야말로 표정을 드러내는 중요한 역할을 하는데 그 눈을 잃었다는 것은 모든 표정을 잃었다는 것과 같을지도 모른다. 적어도 눈이 없는 한, 노력에 따라서는 표정을 죽이는 일도 어렵지 않을 것이다. 다카코의 얼굴에서 진실을 찾아내려는 자신의 노력이 소용없다는 사실을 실감하지 않을 수 없었다.

그러나 아직 방법은 남아있다. 여기까지 추적해 온 이상, 할 수 있는 방법은 모두 동원해 보겠다고 그는 다짐했다.

야지마는 책을 산 간다 헌책방에 가서 책을 판 사람이 누구인지 물어봤다. 장부에는 없었으나 책방 주인은 책을 기억하고 있었고, 그 책은 사람이 와서 판 것이 아니라 연락을 받고 직접 사러 간 것이며, 어디에 있는 집이었는지 알려 주었다.

그곳은 폭격의 화재로 타버리지 않은, 그다지 크지 않은 서양식 집이었다.

주인은 집에 없었고 책을 어디에서 구했는지 답해줄 사람이 없었으나 그의 직장이 야지마의 회사와 가까운 곳이어서 그곳을 방문해서 만날 수가 있었다. 그 사람은 35, 6세 정도의 병약해 보이는 사람으로, 한 학술 전문 출판사의 편집자였다.

직업도 비슷했지만 책을 사랑하는 동지로서 야지마가 찾아온 이유를 듣고는, 책 한 권 때문에 이렇게까지 노력하는 것에 호의적인 공감을 가지게 된 듯했다.

그 사람의 이야기에 따르면 다음과 같았다.

도쿄가 이미 대부분 잿더미가 된 초여름의 어느 날, 그 사람이 자택 부근을 거니는데 그다지 사람들이 다니지 않는 길 위에 신문지를 펴고 스물 몇 권 정도의 책을 펼쳐 놓고 손님을 기다리는 남자가 있었다. 다가가 보니 모두 일본사에 관한 저명한 책인 데다가 당시에는 손에 넣기 힘든 것들뿐이라 이미 소장하고 있는 것을 빼고 절반 이상을 사버렸다. 그렇게 산 책의 대부분은 크리스천과 관련된 것이었다고 해서 책 제목을 물어보니 야지마의 장서임이 분명했다. 형편이 어려워서 고대 관계 서적들은 팔아버렸으나 크리스천 관련 책은 그대로 갖고 있었기 때문에 야지마의 과거 장서도 열 권 전후까지 남아있다는 것이다.

"집 밖으로 가지고 나간 덕에 타지 않고 남은 것을 도둑맞은 것이 아닐까요?"

라고 그 사람이 말했다.

"아마 그럴 겁니다. 제 아내는 그날 눈에 상처를 입고 실명했고 두 아이는 화재를 피하지 못하고 목숨을 잃었습니다. 고향에 연락이 닿아 부친이 상경하기까지 보름 동안 우리집이 탄 흔적을 살펴보는 사람이 없었으니 부친이 그곳에 갔을 때는 이미 아무것도 없었다고 합니다. 그런데 저는 아내가 책을 집에서 갖고 나갔다는 얘기를 해주지 않아서 이렇게 장서의 일부가 남았다는 것은 상상조차 못 했습니다."

　그러나 이렇게 야지마의 장서가 타지 않고 남은 내력을 알아내고 보니, 더욱 알 수 없는 것은 확실히 야지마의 집에 있었던 책 안에 어째서 다카코가 쓴 기호가 있었는지 하는 점이다. 그 책을 집 밖으로 가지고 나갔다는 사실을 다카코가 잊어버렸다, 아니, 가지고 나갔다는 사실을 잊었을 리가 없다. 일단 적기는 했으나 변경할 사정이 생겨서 새로 다시 적었다. 그리고 전에 적었던 그 한 통을 무심코 책 속에 넣어 두었다는 것을 잊었다고 해석해야 할 것이다. 그렇다고 해도 가미오는 죽었다. 야지마의 집은 타버렸다. 살림살이도 모두 타버렸고 겨우 열 몇 권 남아 도둑맞았던 책 중에 다카코가 단 한 장 암호를 적어 놓고 잊어버린 책, 비밀을 밝힐 유일한 단서를 숨긴 한 권만이 여러 경로를 거쳐 야지마 자신에게로 돌아왔다! 이것이 하늘의 뜻이 아니면 뭐란 말인가.

　가미오는 죽고, 다카코는 실명해, 비밀의 주역들은 목숨을, 눈을 잃었는데, 단 하나 지상에 내린 비밀의 손톱 자국이 재난에도 타지 않고 도둑의 손을 거쳐 드디어 이렇게 비밀의 유일한 해독자의 손에 돌아오게 되었다니! 그 한 권의 책에 마성 같은 집요한 의지가 담겨 있는 것은 아닐까. 마치 요쓰야 괴담(17세기 말엽에 나온 일본의 괴담)에 나오는 저 유령의 집착과도 닮았다. 이것을 신의 의지라고 해석하는 것이 무리일까? 보라! 무서운 집념이기도 하고 세상 어디에도 없을 이상한 우연이기도 하다.

야지마가 감개무량한 표정을 짓자, 그 사람이 곡해하여 덧붙였다.

"실은 저도 아무리 형편이 어렵다고 해도 애장하던 책을 팔아버린 것을 지금도 후회하고 있습니다. 제 심정이 이런데 당신 기분이 어떨지는 충분히 이해합니다만, 제 손에 한 번 들어왔던 책을 지금에 와서 다시 팔아야 한다면 고통스러워 견딜 수 없을 것 같습니다. 그것이 제 진심입니다."

꺼내기 힘든 말을 일부러 돌려 말하는 것에 야지마는 당황해서,

"아니요, 아닙니다. 타버린 장서 열 권 정도 이제

와서 손에 넣는다고 해도 오히려 비통해질 따름입니다. 저는 그저 우리집이 화를 입었던 당시가 그리워 잠시 감상에 젖어 있었을 뿐입니다."

라고 호의에 감사하고 헤어졌다.

*

그날 밤, 야지마는 다카코에게 물었다.

"그 책이 어떤 연유로 남게 되었는지 알아냈어. 그 책 말고도 열 몇 권인가 타지 않고 남은 책이 있었어. 집에 불이 나기 전에 누군가 그걸 가지고 나갔다는 거지. 당신은 책을 가지고 나간 적이 없다고 했잖아. 도대체 누가 가지고 나간 걸까. 당신이 잊어버린 것은 아닌지. 그때 일을 조용히 되돌아보는 게 어때?"

다카코는 실명한 눈을 굴려가며 무엇인가를 생각하는 듯했다.

"공습경보가 울리고, 그 후에 당신은 뭘 했지?"

"그날은 이미 이 지역이 불바다가 될 것을 직감했어. 여기밖에는 안 남아 있었으니까. 공습경보가 울리기 전에 나는 벌써 방공복으로 갈아입었지만 자고 있던 아이들을 깨워서 옷을 입히는 데에 시간이 걸렸어. 불바다가 될 것을 직감하고 너무나 초조한 상태에서 옷을 갈아입혔어. 밖에 나가 하늘을 쳐다볼 새도 없었어. 탐색등이 빙글빙글 돌면서 고사포가 터지고 사방이 흔들렸어. 이미 불길이 일었고, 문득 정신이 들어 탐색등의 십자 모양 가운데 비행기가 보였는데 그게 우리 머리 위로 곧장 오는 거야. 동시에 미칠 듯이 무서워져서 아이의 두 손을 잡아끌며 방공호로 도망갔어. 그때는 공포뿐, 무엇인가를 가지고 가야 한다는 욕심 따위는 없었어. 숨을 가다듬는 사이에 공포에 떨면서도 점점 욕심이 생겼어. 그때 아키오가 "엄마 빈손으로 화재를 당하면 살아가기 힘들 거야"라는 거야. 그러자 와코가 "그래, 분명 거지가 되어 죽어 버릴 거야. 저기, 뭔가 가지고 와"라고 하는 거야. 우리는 방공호를 나왔어. 그때는 이미 사방의 하늘이 붉게 물들어 있었어. 그래도 힐끗 보기만 했을 뿐이야. 우리는 정신없이 달렸어. 그때는 그래도 내 눈은 아직 보였어. 하늘 전체가 빈틈도 없이 새빨갛게 타고 있었어. 그랬어. 흔들거리며 이쪽으로 흘러오는 것처럼, 하늘 전부가 불이었어."

불바다인 하늘을 비춰 준 채 다카코의 눈은 영원히 가려져서, 어쩌면 지금도 여전히 다카코의 눈에는 불바다인 하늘이 타는 모습만 보이는 것은 아닐까 하는 생각이 들었다. 야지마는 그 애절함에 가슴이 찢어지는 것 같았다.

진실의 불꽃이 눈을 불태워 쓰러지기까지, 평생의 한으로 남은 그날의 일을 떠올리게 하는 잔혹함을 일부러 행하면서까지 무덤 속 과거의 비밀을 밝히려는 것이 정의로운 것일지, 야지마는 살짝 스스로에게 물었다. 그의 대답이 나오기도 전에 다카코의 이야기는 이어졌다.

"내가 겁쟁이라서, 공포에 압도당해 그때부터의 일은 확실히 기억나지 않아. 세 번 정도는 분명 왔다 갔다 했던 것 같아. 식량과 이불, 그런 것들을 옮긴 것 같은데 그때는 아직 눈이 보였는데 말이야, 눈에 뭐가 보였는지 그걸 알 수가 없어. 내가 마지막으로 본 것은 형체가 아니라 소리였어. 소리와 함께 섬광이, 그게 마지막이었어. 봐봐, 나는 그날 밤, 아이들에게 옷을 입혔어. 손을 잡고 달려 방공호에서 한 덩어리가 되어 몸을 기대어 있었는데, 그런데도, 나는 아이들의 모습을 보고 있지 않았어. 내가 마지막으로 본 것은 불타는 하늘, 악마의 하늘, 봐봐, 아이들은 나에게서 빠져나가 뭔가를 옮겼고, 분명히 서로를 스쳐 지나갔을 텐데, 나는 그 모습을 보지 않았어. 봐봐, 왜 보이지 않았을까. 볼 수가 없었던 거야. 봐봐, 나는 어째서 보지 않았던 걸까."

"이제 됐어. 그만둬. 슬픈 일을 떠올리게 해서 미안해."

다카코에게 보일 리가 없었으니 야지마는 귀를 두 손으로 막고 누웠다. 이제 더는 추궁하지 말자고 생각했다.

그러나 다음날이 되자 다른 마음이 생겨나 그건 그거고, 이건 이거라고, 실명의 비애로 비밀을 덮으려는 것도 다카코가 부리는 하나의 술수가 아닐까 하는 의심이 마음에서 솟구쳤다. 단지 쪽지 한 장이라고 할 수 없는 증거가 있다. 마성과 같은 집념으로, 불길을 뚫고 선한 이의 손에 돌아온, 이 연극 같은 상황은, 여자가 부리는 마성의 농간을 부수고 사실의 진상을 밝혀낼 숙명을 암시하고 있는 것 같았다.

그날 출근하니 전날 만났던 그 장서의 소유주로부터 전화가 왔다.

"사실은 말이죠."

목소리 주인은 너무나 뜻밖의 사실을 알려왔다.

"어제 말씀드려야 했는데, 이제야 겨우 생각이 났습니다. 당신의 옛날 장서에 말이죠. 샀던 당시 책을 펼치면 모든 책에 페이지를 기억해 두려는 듯한 숫자가 나란히 쓰인 종이가 끼어 있었어요. 그걸 쓴 사람에게는 중요한 사실을 적어둔 것이라는 생각이 들었어요. 설마 옛주인과 만나게 될 거라고는 생각지도 못했지만요, 그래서 왠지 모르게 고이 가지고 있어야 한다는 감정이 솟구쳤습니다. 그대로 원래대로 책 사이에 끼워 두었습니다. 원하신다면 그 쪽지는 내일 갖다 드리겠습니다만."

야지마는 당황해서 대답했다.

"아닙니다. 그 쪽지는 그 책과 함께가 아니면 알 수가 없는 것입니다. 그럼 퇴근길에 동행해서 책 속에서 제가 직접 꺼내면 안 되겠습니까."

그렇게 야지마는 승낙을 받았다.

각각의 책에 각각의 암호가 있다. 그것은 무슨 의미일까. 그랬었어, 자신과 가미오의 장서는 거의 공통된 것이었다. 책 번호를 정해 놓고 한 통마다 책을 바꿔 편지 왕래를 한 것이다. 그렇다고는 해도 그가 갖고 있는 한 통은 책 번호와 맞는 숫자를 찾을 수가 없었다. 미리 책의 순서를 정해 놓고 있었다면 책 번호는 필요 없었을 것이다. 그렇다고 해도 각각의 책에 암호가 끼어 있었다는 것은 무슨 의미인지 알 수가 없었다. 각각의 책마다 암호를 적어 놓다니, 그것도 묘한 일이지만 그것을 다시 모든 책 사이에 넣어 놓고 잊어버렸다는 것도 기묘한 일이다.

의문을 풀지 못한 채, 야지마는 책의 소유주에게

안내받아 그의 집안으로 들어갔다.

까닭이 있어 잠깐 살펴보고 싶은 것이 있으니 10분 정도 보게 해 달라는 승낙을 받고 옛 장서를 찾아보니, 11권 있었다. 그중 2장인 것, 3장인 것, 1장인 것, 총 18장의 암호 문서가 나왔다.

야지마는 즉시 번역에 들어갔다.

번역하는 짧은 시간 동안, 야지마는 어제까지 일평생 흘린 눈물의 총량보다 더 많은 눈물을 흘린 것 같았다. 그의 몸은 텅 비어 버린 듯했다. 이 얼마나 사랑스러운 암호인가. 그 암호의 필자는 다카코가 아니었다. 죽은 두 아이, 아키오와 와코가 주고받은 편지였다.

책에 연락이 없었기 때문에 남은 암호에도 연락은 없었다. 그러나 거기에 그려진 아이들의 즐거운 생활은 그의 가슴을 아프게 파고 들었다.

그 암호는 여름 무렵부터 시작된 듯, 7월 이전의 것은 없었다.

"먼저 수영장에 갈게. 7월 10일 오후 3시"

이 필적은 거칠고 큰 글씨에 무질서한 것이 아키

오의 것이 분명하다.

"언제나의 거기에 있을게요."

라는 예의 한 통과 같은 의미의 것도 있었다. 언제나의 거기라는 것은 어디였을까. 아마도 공원이나 어딘가 즐거운 비밀의 장소였을 것이 분명하다. 얼마나 유쾌한 장소였을까.

"정원 밑에 있는 강아지에 대해서는 엄마에게 말하지 마. 9월 3일 오후 7시반"

"울고 있어서 숨겨 두어도 들킬 거야"

강아지에 대한 것은 그 밖에도 몇 통이 있었다. 그 강아지의 최후는 어땠을까. 그것은 암호의 편지에는 적혀 있지 않았다.

오빠와 여동생은 이런 암호를 어디에서 배운 것일까. 전쟁 중이었으니 암호를 만드는 방법에 대해서 알 기회가 많았을 것이다.

두 사람에게 즐거운 암호 놀이의 대본이 있었다면 불이 난 다급한 상황에서도 필사적으로 가져 나와 방공호에 던져 넣었을 것이 틀림없다. 자기들의 책을 이용하지 않고 부친의 장서에서 그것도 특히 어려워 보이는 큰 규격의 책을 선택한 것도 거기에 암호라는 중대한 비밀의 권위가 요구되었기 때문일 것이다.

그 암호를 다카코의 것이라고 착각했다는 것은 지금에 와서도 쓴웃음이 나는 일이기는 하지만, 전쟁의 화염을 뚫고 다른 모든 것이 불타 사라졌을 때, 암호만이 남아 아버지의 눈에 들어왔다는 이 사실에는 역시 그 자체에 하나의 강렬한 집념이 작용했다고밖에 볼 수 없다고 야지마는 생각했다.

아이들이 한 마디 이별을 나누고자 염원한 그 일념이 암호가 적힌 종이에 담겨 있다고 생각하는 것이 불합리한 것일까.

그러나 야지마는 만족하고 있었다. 아이들의 유골을 찾아내는 것보다 훨씬 더 깊이 충족되었다.

우리는 지금 천국에서 놀고 있어요. 암호는 실제로 그렇게 아버지에게 말을 건넸고, 아버지를 되려 위로하기 위해 찾아왔던 것이다, 라고 그는 믿었기 때문이다.

초판 『살롱 별책 특선 소설집. 제2집』 1948년 5월 20일 발행

오쓰보 스나오(1904-1965)

일본의 탐정소설가. 본명은 와다 로쿠로이고 필명은 에른스트 호프만의 「모래 사나이」(일본어로 '스나'는 '모래', '오'는 '남자'를 가리킴)에서 가져왔다. 에도가와 란포가 전후파 5명이라고 칭한 탐정작가 5명 중 한 명이며, 단편소설만 남아 있다. 도쿄의학전문학교를 졸업한 후에 우연히 알게 된 다니자키 준이치로의 서생으로 고베에서 지내게 되는데, 그때 다니자키 준이치로의 첫 번째 부인(이후에 사토 하루오의 부인)인 치요와 관계를 갖는다. 이후 다니자키 준이치로 『여뀌 먹는 벌레』의 등장인물 속 모델로 등장한다.

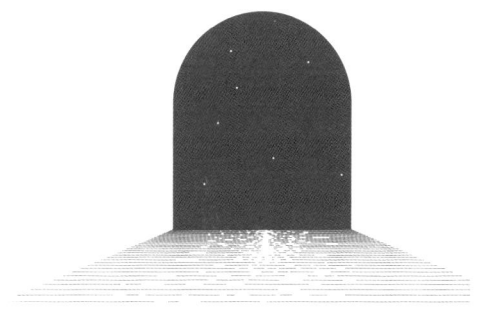

12.
욕조

1

 여기에서 간토 평야를 단숨에 1000m 정도 올라가는 우스이 고개, 아프트식(급경사용 톱니바퀴식) 철도의 잔 진동을 등줄기에 느끼면서, 나는 읽다 만 책을 옆에 엎어두었다.

 눈 아래로 내려다보이는 옛 도로가의 사카모토 역참이, 푸르게 빛나는 아름다운 유월의 빛을 머금은 채 소리 하나 없는 마을처럼 잠잠하다. 현세의 관념에서 멀리 떨어진 선경이라고 해도 좋을 만한 광경이었다.

 그 광경도 불시에 터널의 어둠 속으로 사라지고, 갑자기 기차바퀴 소리가 귀가 찢어질 듯 울려왔다. 어두컴컴한 전등 밑이라서일까, 계속 마주 앉아 있던 청년의 얼굴이 반쯤 그늘에 덮여 나이가 꽤 들어 보이는 인상으로 바뀌었다. 그런 그가 내 쪽을 힐끗 쳐다보며 뭔가 얘기하려는 듯 입술을 움직였으나 그 순간 바로 눈길을 돌렸다. 그리고는 손수건으로 끊임없이 이마에 땀을 훔쳐내고 있었다. 창으로 번뜩하고 햇살이 비치기 시작하는가 싶더니 골짜기의 경치가 밝게 펼쳐졌다. 짙고 옅은 색의 알록달록한 어린 잎이 무성한 지역을 지나쳐 멀리 바위산 부근에 한줄기 빛나는 하얀빛은 폭포인가. 우스이 고개 남쪽 앞으로도 상쾌한 여름이 성큼 다가와 있었다.

활짝 열린 아름다운 자연과 음울하게 닫힌 터널을 지나 빛과 어둠을 되풀이하며 열차는 급경사를 타고 올랐다. 그러는 사이에 나는 절벽 사이로 튀어나온 소나무 가지에 보랏빛 꽃송이를 선명히 드러낸 비단등나무 꽃을 발견하고 나도 모르게,

"아름다워…."

라고 중얼거렸다. 그것을 앞에 앉은 남자는 말을 걸려는 것이라 착각했는지,

"그렇죠. 여기 신록은 유명하니까요."

라고 대답했다. 그리고 문득 말투가 바뀐다.

"탐정소설을 좋아하시나 봐요?"

"네. 업이 되어 버렸네요."

"쓰시는 건가요?"

"이럭저럭 소설가 흉내 내는 정도…"

라고 대답하면서 그의 추리가 어디에서 나온 것인지 찾았다. 내 옆에 엎어두었던 책 표지에는 '하일라이트 저, 밀실살인사건'이라고 인쇄되어 있었다.

"소설을 쓰신다면 S고원에 와 보세요. 알고 계시죠?"

라고 매우 친절하게 권해온다.

"스키장이 아니던가요?"

"최근에는 그걸로 이름을 팔고 있지만 원래는 피서지였답니다. 이 무렵은 일대에 꽃이 흐드러지게 피어서 말할 수 없이 좋은 시기지요. 그런데 도시 사람들은 스키철이 아니라고 오지 않고, 지역 사람들은 농사일로 바쁘죠. 그래서 조용하게 공부하기에는 더할 나위 없습니다."

"그렇겠군요."

나는 살짝 마음이 흔들렸다.

"S고원이라면 K온천이 최곱니다. 소개해 드릴까요? 거기에서 유일한 온천여관을 하는 것이 제 삼촌이니까요."

감탄할 만한 일도 아니다. 청년치고는 예의 바른 말투라는 생각에 기특해했는데, 이거야 호객꾼한테 걸린 거라 해도 될 듯하다.

나는 슬쩍 기분이 상해서,

"아무래도 너무 환경이 좋아서 살인에 대해서 생각하기에는 자극이 너무 없는 것 같네요."

"그런데 그게 그렇지 않다고요. 사건이 터진 겁니다. 그것도 욕실밀실사건이라면 어떻겠습니까?"

"이거야 원. 이렇게 또 하이라이트에서 하는 방식으로 이어지네요."

"지난 설에 K온천으로 천왕 일가의 한 분이 스키 연습을 위해 왔었더랍니다."

"신문에서 봐서 알아요."

"그때, 신문에 나오지 않은 사건이 어둠에서 어둠으로 묻혀…"

"으음."

그제서야 나도 진지하게 상대방의 얼굴을 보았다.

"여름이니까 오히려 눈에 대한 이야기도 괜찮지 않을까요… 이건 극비입니다만."

그는 목소리를 죽여 대단히 열성적인 자세로 이야기하기 시작했다.

2

"S고원이 스키장으로 좋은 평판을 얻게 된 것은 양질의 눈 때문일 겁니다. 게다가 정말 좋은 것은 정월부터 2월 초순까지. 후하고 불면 훨훨 날아오르는 고운 눈가루죠. 저는 그걸 생각하며 마음이 부풀어 있는데, 삼촌에게서 올해는 천왕 일가 중 한 분이 연습하러 오시니까 일정을 맞춰서 도우러 오지 않겠냐는 편지가 온 겁니다. 물론 당장 출발했습니다.

삼촌은 옛날 사람이라 일을 거대하게 부풀려서, 사서 걱정을 했죠. 이제 시대가 달라졌다고 하면서 서비스 계획 등에 대해서 의논해 봤지만 현 사무관이나 경찰 등 경비를 맡은 수장들은 여전히 옛날 생각 그대로라 귀찮은 일이 한둘이 아니었죠. 도쿄에서 온 사람들이 쓴웃음을 지을 정도였어요.

결국 그날은 스키 연습장에 대회가 있어서 손님들이 일찍 퇴거해 버려서 여관은 오후 내내 파리만 날렸습니다. 그 사이에 저는 청소를 마치고 남아 있던 순사와 이야기하는 것도 질려서 슬슬 온천물 온도라도 확인해 볼까 하고 열쇠를 들고 복도를 건너갔습니다 ―

내빈용 욕실은 전쟁 전에 C전하께서 등산을 하신다고 오신 적이 있어서, 거기에 감격한 삼촌이 새로 지은 것이었습니다. 아무리 그래도 그때 욕조 밑에 일부러 도쿄에서 주문한 대형 타월을 깔았더라는 우스갯소리도 남아 있을 정도니까, 엄청난 소란이 일어났더라는 거죠. 전하도 묘한 물건이 가라앉아 있어서 기분이 썩 좋지는 않았을 겁니다.

가장 안쪽 객실에서 북쪽으로 200평 정도 지면을 골라서 그 한가운데에 덩그러니 욕실을 만들었습니다. 두 건물을 잇는 복도에는 양쪽 벽에 창문이 달려 있을 뿐입니다. 게다가 삼촌은 이곳을 기념관으로 생각해 보통 때는 사람들이 들어가지 못하도록 복도 입구와 욕실 두 곳을 열쇠로 잠가 두었습니다."

"게다가 주변이 모두 설원이라는 거군. 조건은 갖춰졌어."

"저는 문을 두 개나 열고 탈의실에 들어갔는데 물론 이상한 점은 전혀 없었습니다. 아침에 들어가서 깨끗이 닦고 청소해둔 그대로였습니다. 그래서 저는 훈도시(팬티와 같은 일본식 속옷) 차림으로 칸막이로 쓰이는 유리문을 열었는데, 창문까지 닫혀 있어서 그런지 김이 가득 차 있었고 햇빛이 뭉게뭉게 김을 따라 줄무늬를 그리고 있었습니다.

욕조에 손을 넣어 보니 약간 뜨거웠습니다. 들통 가득 5, 6번 물을 퍼낸 후에, 통에 물을 담아 뿌려가며 청소용 봉으로 욕조 안을 긁어내려 하던 때였습니다. 봉 끝에 미끈거리는 검은 물체가 감겨왔습니다. 그리고 이어서 커다란 하얀 그림자가 흔들흔들 움직였습니다. 저는 긴장해서 반사적으로 봉을 쑥 내밀었더니 힘없이 걸리는 무엇인가의 느낌과 함께 그 하얀 물체가 회전하는가 싶더니 그 순간 사람의 얼굴이 쑥 떠올랐습니다.

그 자리에 못 박힌다는 표현은 그럴 때 쓰는 것이겠죠. 김이 가득 찬 욕조에서 헝클어진 곱슬 머리의 젊은 여자가 새하얀 얼굴에 까만 눈을 뜬 채 저를 노려보는 듯했습니다.

당황해서는 도망치듯 그 자리에서 빠져나와 훈도시 하나만 걸친 채로 순사가 묵는 대기실로 달려간 것은 꼴사나웠습니다. 그런 차림을 누군가에게 들켰다면 그보다 더한 망신이 없었을 테죠.

지긋한 연배에 사복을 입은 두 사람이 허둥대는 저를 달래어 우선은 욕실로 되돌아갔습니다. 사체를 건져낼 차례가 되었는데 온천 바닥에 가라앉아 있었으니 그때까지도 피부는 따뜻했습니다. 차갑게 식은 제 몸은 마치 살아있는 듯한, 질척질척 엉켜오는 듯한, 매우 기묘한 흥분을 감지했습니다.

그 후 세 사람은 잠시 서로의 얼굴을 쳐다보았죠. 아무리 생각해도 이상한 일이 아닙니까. 도대체 어떻게 꽉 잠긴 욕조의 정원에, 전라의 젊은 여자가 가라앉아 있었던 걸까요?"

"창문은 잠겨 있었나? 주위에 눈은?"

이라고 나는 무심결에 물었을 정도로 청년의 이야기에 빠져들었다.

3

이때 상대방은 히쭉히쭉 웃으며 얼굴 표정을 바꾸었다.

"유감스럽지만 밀실살인사건은 아니었습니다. 왜냐하면 눈치 빠른 순사 한 명이 입구와 반대쪽 창문을 열어 보고 그쪽 지붕의 눈을 쓸어내리자, 그곳이 그리 높지 않은 덕에 여성의 옷, 스키 도구에서 장갑, 안경 따위까지 그대로 벗어 놓은 채로 있었으니까요. 게다가 스키를 타고 온 흔적이 그대로 드러나 있었습니다.

게다가 스키 흔적은 깊지 않았고 다른 곳의 눈은 아무 흔적 없이 깨끗하게 쌓여 있었고요. 여자가 혼자 왔다는 것은 확실합니다.

그 어디에도 상처가 보이지 않는 사체에다가 이 정도로 침입경로까지 조건이 갖춰져 있다면 세 사람의 판단도 일치하게 되어 있죠.

즉, 그날 모두가 외출했을 것으로 보이는 때를 가늠한 여자는 스키를 타고 크게 돌아 몰래 욕실 창 밑까지 왔죠. 거기에서 옷을 벗어 놓고, 훌쩍 욕실로 숨어들었죠. 여자의 목적은 지체 높으신 분이 몸을 담근 그 온천에 자기도 몸을 담갔다는 신여성다운 허영심. 거기에 스릴까지 맛볼 생각이었던 거겠죠. 첨벙 욕조로 뛰어든 여자는, 추운 날씨 속에 있다가 갑자기 뜨거운 물에 몸을 담갔으니 뇌빈혈을 일으켜 정신을 잃은 채 욕조 바닥에 빠져 버린 거죠. 아무도 도와줄 사람이 없었던 것이 원인입니다.

뭐, 이런 상상을 해 보았으나 이런 변사 사건을 일으킨 것은 저나 경비 담당자의 큰 실수입니다. 어찌 됐든 뒷처리를 해야 했죠. 우선은 사체를 몰래 담당자 사무실에 숨겨 놓고 대대적으로 욕실을 청소했습니다.

산기슭에 사는 의사에게 검시를 맡기기라도 한다면 순식간에 신문기자의 귀에 들어가 문제가 될 것이므로, 의논한 결과 겁이 나기는 했으나 주치의 선생님께 모든 것을 보고한 후 부탁하기로 했고, 그러한 일에 익숙한 선생님은 요령 있게 조서를 만들어 주셨습니다.

한편 여자가 숙박부에 쓴 이름은 가명이었는데, 이게 또 다행스럽게도 현의 담당자에게 맡겨 가매장을 하기로 해서 아무에게도 책임을 묻지 않고 끝났다는 것, 그뿐인 이야기입니다.

하지만 삼촌한테 부탁해서 그 욕조를 사용한다면 꽤 환상적이라 걸작을 쓸 수 있지 않겠습니까? 어떻습니까?"

긴 이야기를 끝낸 청년은 적이 의기양양한 표정이었다.

4

 좋지 않은 나의 버릇이 도져, 상대방의 의견에 반발하고 싶어졌다.
 "재밌었네. 하지만 말이지, 나라면 그것을 그대로 살인 사건으로 이끌 것 같네."
 "그건 좀 무리가 있지 않을까요."
 "그렇지 않아. 내가 다시 추리해 보면 창문이 잠기지 않았다거나 젊은 여성이 금방 뇌빈혈을 일으킨다거나 하는 우연이 이중으로 겹친 게 이상하거든. 모든 것을 이치에 맞게 해석하는 편이 간단하거든."
 "그렇다면요?"
 "한 남자가 있고 여자에게 가명을 쓰게 하고 숙소로 불렀지. 그리고 숙소에 사람이 없는 날을 이용해 열쇠를 손에 넣은 후, 여자를 유인해 그 욕실에 들어간 거지. ― 남자의 목적은 여자를 살해하는 데에 있고 동기는 아무 것이든 적당히 생각하면 좋을 듯하네 ―

그리고 여자가 틈을 보였을 때 목덜미를 잡아 눌러, 간단히 익사시킨 거지. 그런 후 여자의 속옷은 창밖으로 내던지고, 여자의 겨울 내의를 몸에 걸치고 살짝 밖으로 나갔지. 여자의 방에 가서는 바로 그녀의 스키복을 입고, 스키 모자에, 안경까지 쓴다면 이것으로 남녀의 구별은 불가능해지므로 유유히 여자의 스키로 한 바퀴 돌아 창 밑에 가서 거기에 모두 벗어 버린 거지."

"그 다음에는 다시 욕실을 빠져나와 이번에는 자신의 겨울 내의를 입고 도망쳤다는 겁니까?"

"그 남자가 누구인지 확정할 수 있는 조건이 있지. 숙소에 대해서 자세히 알고 있는 남자, 그날 숙소에 남아 있던 남자, 열쇠를 자유롭게 지닐 수 있는 남자, 마지막으로 훈도시 하나로 도망친 남자야!"

이렇게 명확히 잘라 말했을 때, 상대의 얼굴은

흑빛으로 일그러졌다. 나는 트렁크로 손을 가져가며,

"이것은 탐정 작가의 공상입니다. 당신의 이야기를 나라면 이런 식으로 고쳐 써 보겠지만, 그래도 밀실 사건으로는 너무 단순하군요. 단지 살짝 감복한 것은 지체 높으신 분이 다녀간 것을 이용해 사건을 당국자의 손으로 무마해 버린, 범인의 못된 지혜입니다."

라고 말하고는 장난꾸러기처럼 목을 움츠리며 밖으로 도망쳤다. 열차는 천천히 푸른 잎이 무성한 가루이자와로 미끄러져 들어갔다.

초판 『소설의 샘』 1950년 8월

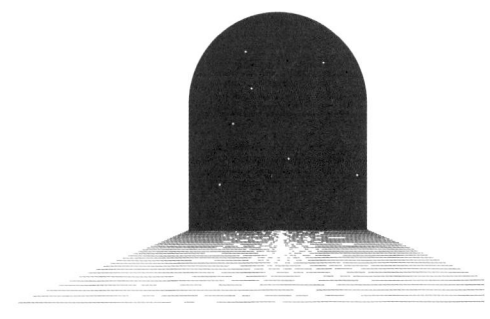

작품해설

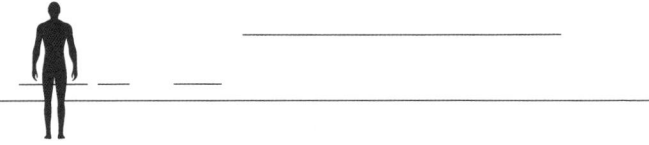

장르소설의 경계를 오가는
일본 작가들

 어린 시절 이불을 쓰고 누워 살짝 실눈을 뜨고 지켜봤던 TV 브라운관의 귀신들을 일본 이야기책 속에서 다시 만났다. 일본의 괴담과 한국의 무서운 옛날이야기들은 비슷하고도 다르다. 우리의 무서운 옛날이야기들은 과거 '전설의 고향'이라는 TV 드라마 시리즈가 담았다면 일본의 무서운 옛날이야기들은, 서양인의 얼굴을 한 일본인 고이즈미 야쿠모가 담았다고 하겠다. 래프카디오 헌이라고도 불리는 이 일본인은, 그러나 일본어를 전혀 하지 못한다. 부인 세쓰가 들려준 일본의 괴담을 영어로 엮어서 외국에서 출판한 것이 『괴담』이라는 책이고,

이것을 다시 일본어로 번역한 것을 일본인들이 읽게 된 것이다. 그리고 그것을 다시 한국어로 소개하게 되었다.

고이즈미 야쿠모의 이 책은 이미 한국에도 번역되어 출판되었으나 이번에 소개한 이야기는 다른 작품과 마찬가지로 일본의 인터넷 사이트 '아오조라 문고(www.aozora.gr.jp)'에 게재된 작품들 중에서 일본인들이 가장 많이 읽는 단편소설을 선정한 것이다. '아오조라 문고'는 50년의 저작권 기한이 끝난 작가의 작품을 일반인들이 데이터화해서 업로드하고 있는 인터넷 사이트이다. 이용제한이 없으며 누구든 내용을 이해할 수만 있다면 활용할 수 있다.

이번에 일본의 근현대 미스터리 단편소설집을 기획할 수 있었던 것도 이 사이트 덕분이다. 고이즈미 야쿠모뿐만 아니라 근대 일본문학의 대문호인 나쓰메 소세키의 작품을 비롯하여, 여전히 일본에서는 '선생님'으로 추앙받는 후쿠자와 유키치의 글들, 일본어로 쓰인 한국 작가의 작품들까지 광범위하게 공개되어 있다.

앞에서 언급한 바와 같이 이번 단편집은 '아오조라 문고'에서 일본인에게 가장 많이 읽히는 단편소설, 그 중에서도 미스터리로 분류되는, 1920년대에서 1950년대에 이르는 작품을 선정한 것이다.

첫 작품 '얼굴 없는 귀신'은 눈코입이 없이 얼굴이 맨들맨들하다고 '달걀귀신'이라고 불리기도 하는데, '달걀귀신'이라는 것은 오래된 달걀이 상하지 않으면 '달걀귀신'이 된다고도 한다. 어둑한 산길을 걷다가 귀신을 만나는 이야기는 한국 옛날이야기 속에도 종종 등장한다. 한국 옛날이야기 속의 귀신들은 사람이었을 때 억울한 죽임을 당했다거나 믿고 있던 이에게 배반을 당한 경우가 많다면 일본 귀신들은 그러한 원한 관계가 명확하지 않다. 그들은 사람과 다른 요괴일 뿐이다. '얼굴 없는 귀신'이 그렇다.

원제는 '무지나'로 무지나는 사람으로 둔갑하는 너구리를 뜻한다. 지브리 애니메이션 '평성 너구리 전쟁 폼포코'를 떠올리면 이해하기 쉬울 것이다. 일본에서 사람으로 둔갑하는 동물하면 너구리이고, 이 너구리는 생각이 짧아서 실수하기 십상이다. 그런데 고이즈미 야쿠모가 '무지나'를 제목으로 쓴 일본의 괴담은 사람으로 둔갑한 너구리가 아니라 '놋페라보'라고 불리는 '얼굴 없는 귀신'이다. 일본 요괴들이 총출동하는 애니메이션 '게게게의 기타로'를 보면 그 차이를 이해할 수도 있겠다.

일본어를 전혀 하지 못하는 고이즈미 야쿠모와 일본인인 그의 부인 세쓰가 어떤 식으로 대화를 나누었는지 알 수 없지만, 아무리 세쓰가 영어를 훌륭히 구사했더라도 조금의 오해는 있지 않았을까. 게다가 서양인이 동양문화를 완벽하게 이해한다는 것에도 무리는 있지 않았을까 싶다. 다시 '얼굴 없는 귀신'의 이야기로 돌아가 보면, 이 귀신의 목적은 단순히 사람을 놀라게 하는 것이다. 어둑한 산길에서 울고 있는 여성을 만났는데, 나를 쳐다보는 그 얼굴에 눈코입이 없다면 얼마나 놀라겠는가. 게다가 거기에 놀라서 혼비백산해서 도망친 곳에서 다시 그 귀신을 만났다는 것을 상상해 보라. 사람에게 그보다 더한 공포는 없을 것이다. 그러나 그 모습을 즐기는 귀신을 생각해 보면 또 그게 웃음이 난다. 얼굴 없는 귀신은 어떻게 웃을까… 무섭고도 우스운 이야기가 바로 이 '얼굴 없는 귀신'이다.

그러나 두 번째 '매장된 비밀'에 등장하는 귀신은 귀신이라기보다는 혼백에 가깝다고 하겠다. 원한을 품고 나타났다기보다는 누구에게도 들키고 싶지 않은 비밀, 4년이나 행복하게 살았던 남편과 가족들에게는 알려지지 않았으면 하는 결혼 전의 비밀이 밝혀질까 두려워 그 비밀을 담은 편지 곁을 떠나지 못하는 것이다. 아니, 들키고 싶지 않은 비밀인데, 결혼해서까지 감춰둔 채 지니고 있었다는 것은 첫사랑의 애틋한 감정이 거기에 담겨 있기 때문이 아닐까. 애틋한 사랑의 감정을 간직한 채 결혼생활을 즐겼다고도 할 수 있겠다.

지극히 인간적인 감정을 지닌 귀신의 이야기가 바로 '매장된 비밀'이라고 하겠다.

비밀과 결혼, 내용은 다르지만 그 두 가지를 담

고 있는 여섯 번째 이야기 '닮은꼴의 비밀'로 넘어가 보면, 비밀을 지닌 채 결혼을 하는 것까지는 '매장된 비밀'과 같다고 하겠다. 그리고 독자들로 하여금 첫날밤만 보내고 바로 자기 집으로 돌아간 이 여성이 혹시 '매장된 비밀'의 여성처럼 결혼 전에 다른 남자와 관계가 있었던 것은 아닐까 하는 생각이 들게 만들지만 곧바로 그 의혹은 사라진다.

막 결혼식을 올린 상대방을 몹시도 사랑하는 여성이 자신의 비밀을 상대방에게 털어놓는 상투적인 이야기로 시작한 이 이야기는, 상대방도 같은 비밀을 가졌다는 데에서 독자를 안심하게 하고 해피엔딩으로 이야기가 끝나는가 싶게 하다가 마지막에 반전을 선사한다.

남편의 사랑에 좌지우지되는 여성의 지순한 편지글이 갑자기 상대방의 거짓말에 분노하고 결혼이라는 제도를 유희시하는 남성들 전체에 대한 조롱으로 바뀐다. 이 부분이 비약인 듯 보이기도 하지만, 여성에게만 순종과 순결을 강요하던 과거 결혼 풍습, 결혼한 여성을 하나의 도구로만 생각하면서 다른 여성들과 즐기는 것을 흠이라고 생각지 않았던 과거 결혼제도 속 남성의 모습을 생각해 본다면, 어쩌면 통쾌하다는 감정을 느낄 수도 있겠다.

그리고 그 다음 일곱 번째 '얼어붙은 아라베스크'에서는 결혼을 꿈꾸지 않는 여성이 등장한다. 여학교에서 체조교사를 하는 이 여성은 스스로의 삶에 만족하면서 결혼 따위는 꿈꾸지 않는다. 학교에서는 학생들과의 생활에 충실하고, 가끔씩 취미생활을 위해서 긴자로 나들이하면서 백화점에서 쇼핑을 하는 여성, 거울에 비친 자신의 아름다운 모습에 어깨 으쓱해하며 꿈꾸듯 거리를 부유하는 이 여성을 뒤쫓는 남성. 스토커에 대한 이야기인가 싶다.

자기를 쫓아온 정체 모를 남자와 영문도 모르면서 공원을 함께 거니는 이 여성에 대해서 공감할 수 있는 사람이 있을까. 스토커 등 다양한 범죄가 넘쳐나는 현대사회에서 갑자기 다가온 낯선 남자에게 자기 옆자리를 내어줄 여성은 없을 것이다. 그러나 이 여성은 자신의 아름다운 모습에 도취되어 있는 듯하다. 게다가 남자의 말쑥한 외모는 여성이 느끼는 거리감을 줄여놓았을지도 모른다.

또한, 더듬거리는 듯, 자신의 앞에서 긴장한 남성의 모습에 우월감이라도 느꼈던 것은 아닐까. 독자로 하여금, 어딘가 의심스러운 남자를 쫓아가는 여성의 모습에서 불안감을 느끼게 하지만, 이야기는 일단 거기에서 끝나고 전혀 새로운 이야기가 전개된다. 스토커 이야기에서 갑자기 추리물로 바뀌어, 행방불명된 남성을 찾는 이야기가 전개된다. 그리고 얼음 오타쿠가 최고의 얼음 보석을 남기고 만족해하며 자살한 이야기로 끝을 맺는다. 과연 이 남자가 여자에게 했던 말들은 사실일까.

이 남자는 얼굴에 집착한 걸까, 얼음에 집착한 걸까. 얼음에 집착한다고 주위 사람들에게 알려져 있으나 내면에는 얼굴에 대한 집착이 있었던 것일까, 하는 등등의 의문을 풀어주지 않고 이야기는 끝나지만, 광기어린 남성의 행동 자체에서 그런 의문은 모두 의미가 없어진다. 모든 것을 자신의 죽음으로 끝을 내면서.

 앞으로 돌아가 세 번째 '진주탑의 비밀'은 독자로 하여금, 어디선가 많이 본 듯한 느낌을 줄 것이다. 작가가 셜록 홈즈 시리즈에 심취해 그것을 모방해서 쓴 첫 소설이라고 하면 고개가 끄덕여질 것이다. 그것 이외에 해설의 여지가 없는 단순한 구조의 작품이라 하겠다. 그러나 1923년, 아직 추리소설이 대중화하지 않았던 시절에 쓴 첫 번째 작품이라고 한다면 그것만으로도 평가할 만하지 않을까. 그리고 1931년에 쓴 여덟 번째 이야기 '덫에 걸린 사람'은 같은 사람이 쓴 걸까 싶을 정도로 달라진 것을 알 수 있다.

 고리대금업자에게 이자만 갚다가 원금과 이자가 처음 빌린 돈의 몇 배까지 늘어난 부부가 마지막으로 선택한 것이 죽음이다. 자신들을 벼랑 끝까지 내몰았던 장본인인 고리대금업자를 죽이고 자기도 죽는다는 선택인 것이다. 처음에는 남편이, 그 다음에는 부인이 그것을 선택한다. 그러나 운명은 그들의 범행을 허하지 않고, 선의의 희생자를 낳는다. 운명이라는 덫에 걸린 사람은 악행만 저지르던 고리대금업자일까, 아니면 주인의 소중한 돈을 잘 간수하지 못했던 술집 종업원 남자일까. 만약 이 술집 종업원 남자가 돈을 잃어버리지 않았다면 어떻게 되었을까.

맨 처음 술집 종업원 남자가 어이없게도 길에서 돈을 잃어버린 것이고 두 번째는 남편이 운좋게 그 돈을 주운 것이며, 세 번째는 부인이 고리대금업자를 죽이기 전에 남편이 그 장소에 도착한 것이리라. 그리고 이들이 나간 후에 문단속을 제대로 하지 않은 고리대금업자에게도 스스로 덫을 판 잘못은 있다고 하겠다. 이렇게 범행을 처음 계획했던 주인공 대신에 다른 사람이 범행을 저질러서 결과적으로 주인공에게 행운이 돌아가게 된 이야기.

주인공은 평생 그것 때문에 괴로워하겠지만, 자신이 살인하지 않음으로써 사법적인 구속에서는 풀려난 결과가 되었다고 하겠다. 하지만, 그 다음 네 번째 '두 폐인'에서는 범행을 저지르지 않은 주인공이 평생을 자신이 저지르지도 않은 범행 때문에 괴로워하는 이야기가 펼쳐진다.

 에도가와 란포, 어디선가 한 번 정도는 들어봤을 법한 일본 미스터리·추리소설의 대가라고 하겠다. 애니메이션 '명탐정 코난'이 자기 이름을 '에도가와 코난'이라고 명한 것도 이 작가 때문이다. 그러나 그의 작품을 실제로 읽어본 사람은 많지 않을 것 같다. 최근에는 '문호 스트레이독스'라는 애니메이션의 등장인물로 기억하는 사람이 오히려 많을 것 같다.

 '두 페인'은 그의 작품 중에서도 매우 짧은 편에 속한다. 우연히 온천지에서 만난 두 사람이 자신들의 인생을 엉망으로 만든 젊은 시절의 사건에 대해서 얘기하다가 우연히 함께 하숙하던 대학 동창이라는 것을 알게 되지만, 그 비밀을 서로에게 밝히지 않은 채 헤어진다. 거기에는 하숙집 노주인 살해사건이라는 몽유병자에 의한 범행이 얽혀 있었다. 추리소설의 대가답게 한순간도 긴장의 끈을 놓게 하지 않는다. 그리고 결국에 친구의 지혜를 쫓아갈 수 없는 자신의 어리석음을 탓할 수밖에 없었던 남자의 마지막 쓴웃음을, 독자들도 함께 지을 수밖에 없게 만든다. 다른 작품들도 실제 읽어보고 싶게 하는 작품이 아닐까 한다.

다섯 번째 작품은 일본 근대소설을 대표하는 작가라 할 수 있는 아쿠타가와 류노스케의 '피아노'이다. 일본의 2대 문학상 중 하나인 아쿠타가와상이 이 작가의 이름에서 나온 것이라면 그의 대표성이라는 것은 더 말할 필요도 없을 것이다. 가장 많이 알려진 것이 영화화하기도 한 '라쇼몽'이지만, 이 작품은 개중에서 가장 짧은 장편소설이라고 할 수 있다. 1923년, 9월 도쿄를 비롯한 관동지방에 큰 피해를 입힌 관동대지진이 일어났다.

아쿠타가와는 당시 도쿄에서 지진을 겪으며 조선인 학살을 앞장서서 행했던 자경단으로 활동하기도 한다. 물론 그 자신이 조선인을 학살했다는 것은 아니며, 관동대지진 자체를 회화화해서 바라보는 입장이었다고 하겠다. 그런 대지진 이후, 아직 그 잔해가 그대로 남아있던 요코하마의 폐허 속에 남아있던 '피아노'를 그린 것이 이 작품이다.

이 작품은 추리소설이라고 할 수는 없으나 아무도 없는 곳에서 피아노 소리가 들린다는 설정과 그 때문에 주인공이 두려움을 느끼는 부분은 미스터리적인 요소가 충분히 담겨 있다고 하겠다. 결국 그 소리가 어디에서 나온 것인지 밝혀지지만, 어쩌면 이미 세상에 없을지도 모를 피아노 주인의 의지라는 것을 떠올려 봄직도 하다. 쉽게 읽을 수 있는 거장의, 수필 같은 장편소설이다.

아홉 번째, 열 번째는 모두 유메노 규사쿠의 작품이다. 현재까지도 추앙받는 일본 미스터리·환상소설의 대가라고 할 수 있는 작가가 유메노 규사쿠이다. 아무도 없는 빌딩. 피곤함의 극한에서 잠을 청하는 한 남자가 있다. 남자는 옆방에서 들리는 자기와 같은 리듬의 숨소리를 들으며, 그것이 자기 자신의 모습을 했을지, 아니면 아무도 없는데 인기척만 느껴지는 것인지 두려워하는 내용이다. 하지만 그게 누구인지 확인하지 않고는 견딜 수 없는 그 마음에 못 이겨 결국 복도로 나섰다가 그 존재와 맞닥뜨리게 된다. 과연 그는 누구일까. 아무도 없는 건물에 혼자 있어본 사람들은 그 비슷한 경험을 했을 것이다. 아무도 없을 복도에서, 혹은 옆방에서 무슨 소리가 난다. 그럴 때 갑자기 찌릿하고 몸서리를 치면서 식은땀이 난다. 가봐야 하나, 말아야 하나… 그런 고민을 하면서 애써 그것을 잊기 위해 음악을 크게 튼다거나 지인에게 전화를 한다거나 TV를 켠다거나… 그런 행동을 할지도 모른다.

일상에서 일어날 수도 있지만, 매우 비현실적인 그런 이야기가 바로 '빌딩'에 담겨 있다. '시체는 매달려서 웃는다'에서는 사귀고 있던 여성의 너무나도 아름다운 모습을 견딜 수 없어 살인을 하는 남자가 등장한다. 이 남자의 살인은 '얼어붙은 아라베스크'에 등장하는 남자의 살인과 닮았을지도 모른다. '얼어붙은 아라베스크'에서는 살해하고 자기도 그 뒤를 따르지만, 이 작품에서는 자신의 범행이 발각되었을 것을 걱정하며, 혹은 기대하며 매일 아침 저녁으로 신문을 확인한다.

그러다가 있을 수 없는 기사 내용을 확인하고 자신이 범행을 저질렀던 장소로 달려간다. 그리고 믿을 수 없는 현실과 마주하게 된다. 목을 매고 죽은 시체는 나인가, 그녀인가… 그녀의 웃음소리가 괴기스럽게 울리면서 이야기는 끝을 맺는다. 영화 '식스 센스'를 떠올리게 하지만, 과연 이 남자는 이미 죽은 것일까. 결말을 상상하는 것은 각자의 몫이다. 이렇게 작가는 비현실적인 상황을 그리면서 독자를 섬뜩한 상상의 세계로 이끈다. 이것이 유메노 규사쿠의 힘이라고 하겠다.

열한 번째 '암호'는 사카구치 안고의 작품이다. '피아노'가 관동대지진을 배경으로 한다면, 이 작품은 제2차세계대전 중에 미군의 도쿄공습을 배경으로 한다. 주인공은 미군의 도쿄공습 당시 출정한 상태여서 집에는 아내와 두 아이만 있었다. 그리고 전쟁이 끝나 집에 돌아와 보니 아내는 그때 실명을 했고, 두 아이의 행방은 묘연했다. 출판 관계자인 주인공은 서점을 둘러보는 취미가 있고, 우연히 헌책방에서 자기 서재에 있던 책을 발견하고 반가운 마음에 사들인다. 이미 자기 서재의 책들은 도쿄공습으로 인한 화재로 전부 타버렸다고 생각했는데, 우연히 자기 책을 발견한 것이다. 그런데 거기에서 아내의 불륜을 증명하는 메모 종이를 발견한다. 불륜 대상은 전사한 자신의 친구였다.

인간의 의심이라는 것이, 방향을 한번 잘못 잡으면 걷잡을 수 없이 부풀어 오른다는 것을 이 작품은 보여준다. 전쟁 중 폭격으로 실명하고 두 아이를 잃은 아내에 대한 연민보다 아내에게 배신당한 자신이 더 가여운 것이다. 급기야는 그때 아이들과 함께 죽어버렸으면…이라는 생각에 이르게 된다. 작은 메모 쪽지 하나에서 시작된 의심은 실명한 아내도, 먼저 죽어버린 두 아이까지도 안중에 없게 만드는 것이다. 그러다가 우연히 그것이 오해였음을 알게 된다. 작은 오해 하나 때문에 멋대로 아내를 불륜녀로 만들고 생기를 잃은 못난 여성으로 비하했다가 그 오해가 풀리자 아무 일도 없던 듯 자기 자리로 돌아오는 이 남자의 모습에서 멋대로 전쟁을 일으켜 아무 상관없는 식민지 사람들까지 희생시킨 일본이라는 제국주의의 모습을 보았다면 비약일까. 문득 식민지 조선인들이 당하던 당시의 모든 불합리한 모습을 남의 일처럼 모른 척했던 문호들의 모습을 떠올린 것은 어쩌면 한국인이라는 굴레를 벗을 수 없는, 그것 자체가 덫일지도 모르겠다.

마지막 '욕조'는 '임금님 귀는 당나귀 귀'라는 옛이야기를 떠올리게 한다. 자신이 저지른 범죄를 추리소설 작가에게 밝히는 모습에서 자기 죄를 떠들고 싶어하는 심리가 엿보인다고 하겠다. 결국은 범죄가 아니라 우연한 사건이었다고 자기가 그 범행에서 벗어난 방법을 설명하지만 추리소설 작가는 간단하게 그가 범인이라는 것을 간파한다. 단순한 구조의 소설이지만, 실제 사건이 있었는지는 알 수 없지만, 두 사람의 대화로만 사건을 만들고 풀이하는 구조가 특이하다고 하겠다.

   이렇게 이번 책에서는 작가 9명의 작품, 12편을 살펴보았다. 호러에서 미스터리, 추리, 환상소설까지, 20세기 초중반의 일본 미스터리소설계를 일군 작가들의 작품이라고 할 수 있다. 이들 중에는 대문호로 일컬어지며 애니메이션의 소재가 되는 이들도 있고, 일반인에게는 잘 알려지지 않은 이들도 있다. 그러나 좋은 작품이 시대를 초월하듯 이들 작품도 시대를 초월해 21세기 중반으로 달려가는 지금 읽어도 전혀 손색이 없는 작품이라고 생각한다. 이 책을 계기로 더 많은 일본작가의 작품들이 한국에 소개되기를 기원해 본다.

시체는 매달려서 웃는다

1판 1쇄 2025년 6월 14일

지은이 유메노 규사쿠 외
옮긴이 유은경
펴낸이 이용훈

교정 김기영
북디자인 피네디자인

펴낸곳 작은돌
등록 제2014-000083호 (2014년 8월 28일)
주소 서울시 송파구 오금로44나길 5, 401호
전화 010-3244-4066
이메일 wisebook@naver.com
ISBN 979-11-953519-6-1 03830
종이 (주)월드페이퍼 인쇄·제본 (주)상지사P&B

책값은 뒤표지에 있습니다.
이 책은 저작권법에 따라 보호받는 저작물이므로 무단전재와 복제를 금합니다.
잘못된 책은 구입하신 곳에서 교환하여 드립니다.